꿈꾸는 리더의 인문학

Dreaming Leaders' Humanities

꿈꾸는 리더의 인문학

초판 1쇄 발행 2014년 8월 31일
초판 2쇄 발행 2014년 9월 30일
초판 3쇄 발행 2015년 12월 10일
지은이 박상준 **펴낸이** 공홍 **펴낸곳** 케포이북스
출판등록 제22-3210호 **주소** 서울시 서초구 반포대로 14길 71, 302호

전화 02-521-7840 **팩스** 02-6442-7840 **전자우편** kephoibooks@korea.com

값 12,000원
ISBN 978-89-94519-50-0 03800

ⓒ 박상준, 2014

대학생이 된 정환이와
더불어 살아갈 모든 청년들에게

꿈꾸는 리더의
인문학

Dreaming Leaders' Humanities

박상준

케포이북스
KEPHOI BOOKS

　　세 개의 인문학이 우리 주위를 떠돌고 있다. 거리의 인문학과 강단의 인문학, 서재의 인문학이 그것이다. 이들 셋이 서로 떨어져서 각기 다른 모습으로 배회하고 있는데, 이러한 현상이야말로 오늘날 우리 사회, 우리들 삶의 현주소를 보여 주는 것이기도 하다.

　　거리의 인문학은 매혹적이다. 숨 가쁘게 살아온 우리들의 삶을 윤택하게 해 줄 수 있다고 그것은 속삭인다. 우리의 지위에 걸맞은 교양과 품위, 우리들이 누려 마땅한 정신적 풍요를 제공해 줄 것처럼 뽐낸다. 몇 년 전 대기업 CEO나 간부들을 대상으로 시작된 인문 강좌들이 이제 매스미디어와 서점으로 내려와 자신을 사라고 유혹한다. 태생도 현재의 위상도 경제 논리에 의해 불러 세워진 거리의 인문학은, 고전적인 저작들에 대한 손쉬운 소개로 자신을 채우며 우리들의 지적 갈망을 부추긴다.

　　강단의 인문학은 초라하다. 지난 수십 년간 그것은 학교교육에서 한없이 작게 쪼그라져 왔고, 그 결과 스스로도 위축되어 지칠 대로 지쳐 있다. 중등학교의 인문 교육은 윤리와 문학, 역사 교과에 갇혀 있으며, 그나마도 입시에서 제외된 경우 제대로 가르쳐지지

않는다. 이과생들은 인문학을 접해 보지도 않고 대학에 들어가게
되며, 인문계 학생들 또한 시험과 관련된 내용만 암기의 대상으로
대할 뿐이다. 대학 강단의 인문학도 속을 들여다보면 마찬가지다.
이공계 대학생들에게 인문학 강좌는 졸업을 위해 마지못해 들어야
하되 들을수록 오리무중에 빠지게 되는 '쓸데없는' 공염불로 비쳐
지기 마련이다. 취업 준비에 치이는 인문사회 계열 학생들의 경우
도 사정이 크게 다르지 않다. 상황이 이러해서, 강단의 인문학은 억
지로 배워야 하는 지루한 것이 되어 버렸다.

　서재의 인문학은 고독하다. 인간 삶의 무늬[人紋]에 대한 지난한
연구로 이루어지기에 그것은 같은 전공의 학자들 사이에서만 유통
된다. 전 세계적으로 의미 있는 저작은 두루 읽히기도 하지만, 대부
분의 인문학 연구는 관심사가 같은 극소수의 학자들과 대학원생들
사이에서만 논의될 뿐이다. 인문학 연구의 대상은 오랜 세월에 걸쳐
인류가 언어로 남겨 온 인간 삶의 흔적을 한편으로 하고, 인간의 본
성과 인간들 상호간의 삶에 대한 탐구와 고민의 자취를 다른 한편으
로 한다. 연구 대상의 무게와 연구 방법의 어려움 때문이기는 하지

만, 인문정신의 보고라 할 서재의 인문학은 세상과의 소통 통로를 잘 찾지 못하고 있다. 해서 서재의 인문학은 더욱 고독해져 간다.

이상적인 상황에서라면 전문가의 연구와 학생들의 교육과 일반인의 문화생활 세 가지를 잇는 자연스러운 흐름이 있을 것이다. 본질과 기능이 다르므로 상호간에 거리는 있어도 서로를 잇는 소통이 가능할 것이다. 그런데 아쉽게도 우리 주변의 세 인문학은 그렇지 못하다. 거리의 인문학은 시장의 논리에 매어 있고, 강단의 인문학은 입시제도에 휘둘리며, 서재의 인문학은 상아탑에 갇혀 있는 까닭이다. 소수의 훌륭한 인문학 전문가들을 제외하면 이 세 분야를 넘나드는 경우는 찾아보기 어렵다.

세 개의 인문학이 서로 떨어져 있는 이러한 상황이 문제인가. 그렇기도 하고 아니기도 하다. 인문학이 우리의 삶에 줄 수 있는 긍정적인 효과를 놓치는 상황이 여전히 계속된다는 점에서는 분명 문제이고 아쉽다. 그렇지만, 우리의 압축적 근대화 과정 속에서 사실상 사망선고를 받았던 인문학이 회생하는 조짐을 보인다는 점에서는 긍정적이다. 더러는 처세술과의 차이를 알기 어렵기도 하지만 거리의 인문학이 사람들의 관심을 끄는 것은 바람직한 일이다(처세술과 성공학 또한 우리의 자산임에랴!). 이러한 관심이 인문학의 부흥을 가져올지 어떨지는 점치기 어렵다. 한 가지 확실한 것은, 세 가지의 인문학이 서로 소통할 때 바로 그러할 때에만 긍정적인 전망이 힘을 얻게 되리라는 점이다.

미래의 우리 사회 인문학이 어떻게 될지 가늠하기 어려운 시절에 이 작은 책을 세상에 내놓는다. 이 책은 인문학과 관련되어 있지만 거리나 강단, 서재 그 어느 곳의 인문학에도 속하지 않는다. 인문고전과 무관하지 않지만 그것을 해설하지도 그 구절들을 이용하여 논의를 전개하지도 않기에 거리의 인문학과 다르다. 강단의 인문학과 밀접하게 관련되어 있지만 인문교육의 내용을 전달하는 것은 전혀 아니다. 필자 자신이 인문학 연구자이므로 서재의 인문학으로부터 자유로울 수야 없겠지만 내 전공인 국문학 연구와는 거의 아무런 관계도 없다. 그럼에도 불구하고 이 책이 인문학과 관련되어 있음은 틀림없는데, 나는 그것을 인문정신에서 찾고 싶다.

여기서 말하는 인문정신이란, 인간과 사회에 대한 이해에 기초

하여 보다 바람직한 삶의 모습을 꿈꾸고 거기로 이르는 길을 모색해 보는 생각의 방법이다. 그것은 인문학에 대한 지식이 아니라 인문학적인 지혜, 구체적인 상황에서의 행동의 매뉴얼이 아니라 인간 삶의 조건이나 전반적인 사태를 보는 사고방식에 해당된다. 이러한 인문정신은 가르치고 배울 수 있는 것이라기보다는, 서로 접하고 대화하는 과정을 통해 한편으로는 닮아가고 한편으로는 각자 개성을 찾고자 하면서 함께 익숙해지는 것이다.

이 작은 책은, 그러한 접촉을 시도하며 소박하게 내민 손이자, 인문적 소통의 활성화에 기여하고자 담대하게 던져진 마중물이다. 펼쳐지고 읽히기 전의 상태 그대로 말하자면, 인문학자로서 보고 겪으며 느끼고 생각한 것을 드러내었다는 점에서, 이 작은 책은 인문정신이 보이는 길 찾기의 한 가지 사례에 해당된다. 길 찾기라니, 무엇을 찾아보았다는 말인가. 진정한 인문정신을 찾아 참된 인문학적 사유를 스스로 실현해 보고자 한 것이 하나고, 우리의 삶이 좀 더 인간다워지고 정신적으로 문화적으로 보다 풍요로워지기 위해 필요한 토양, 인문적 환경을 모색해 본 것이 다른 하나이다.

항상 청년의 마음을 꿈꾸는 나는 자연과 사회, 인간사 대부분에 끊임없는 호기심과 관심을 가져 왔다. 이런 자세의 결과로, 남의 일에 두루 관여하는 오지랖이 넓은 사람으로 살아 왔다. 한국 근대문학을 전공했으면서 포항공대에 오게 된 것이 이런 성향을 더욱 부추겼다. 돌아보는 대로 새로운 것이 있으니 호기심을 채워가는 일만으로도 무척 즐거웠고, 관심과 관여의 폭도 계속 넓어졌다.

인문사회학부의 교수로서 인문교양을 가르치는 일에 그치지 않고, 만 3년 동안 리더십센터장을 맡아 우리 모두에게 요청되는 리더십에 대해 배우며 궁리도 해 보았다. 6년째 포항공대신문의 주간 교수로 활동하면서 학생기자들과 더불어 대학 경계 안팎의 여러 문제를 새롭게 생각해 보게도 되었다. 한편, 포항공대에 위치한 아태이론물리센터의 과학문화사업에 참여하여 근 10년 가깝게 과학자들과 어울리면서 과학과 인문학에 대한 생각도 나누어 왔다. 우리 시대 이공계 연구중심대학에서 인문학이 처한 위상에 대해 나름대로 내내 고민해 온 것은 물론이다.

이렇게 여러 자리에서 적지 않은 일에 관여해 왔지만, 언제나 내 뿌리는 인문학이며 나는 갈데없는 인문학자이다. 천생이 인문학자인 상태로 위에 말한 다양한 자리에서 보고 겪으며 느끼고 생각한 것을 네 갈래로 나누어 묶은 것이 이 책이다. 대상과 주제의 상이함에 따라 4부로 구성된 만큼, 보다 다양한 독자들과 소통할 수 있기를 조심스레 희망해 본다.

지난 10여 년 동안 써온 글들을 추려 묶은 이 작은 책을 내는 데 있어서 많은 분들의 신세를 졌다. 정리가 덜 된 초고를 꼼꼼히 읽고 소중한 조언을 해 주신 우정아, 한채연, 양은영 세 분 선생님께 각별한 감사의 말씀을 드린다. 이제 대학생이 된 아들과 아내는 물론이요 중학생 딸애까지도 매서운 눈으로 조언을 해 주었다. 고마울 뿐이다. 원고 정리 과정을 도와 준 최용석 선생에게도 고마움을 표한다. 모두들 매우 분주하신 중에 격려와 더불어 이 책에 과분한 추천의 말씀을 주신 이진우, 국형태, 이명현, 김상욱, 우정아 다섯 분께 마음속 깊은 감사의 뜻을 표한다. 내 시야가 좀 더 넓어지고 사고가 좀 더 유연해지는 데 큰 영향을 주신, 다양한 자리에서 그동안 만난 모든 분들께도 고마움을 표하고, 이 작은 책에서 저마다의 의미를 만들어 가실 미지의 독자들께도 감사를 드린다. 어려운 출판 상황을 돌보지 않고 흔쾌히 책을 만들어 주신 케포이북스의 공홍 대표께 그간의 수고에 대해 사의를 표한다.

2014년 여름
무은재 연구실에서

공대의 인문학자, 교양을 교육하기

대학 강단에 선 지 어느새 20년이 훌쩍 넘었다.
그동안 만나고 헤어진 모든 학생들을 생각하며
그들로 인한 생각으로 촉발되고 아로새겨진
대학 선생으로서의 자신의 편린 몇 가지를 한자리에 모아 본다.

공부 잘하는 법
성실함과 상상력, 그리고 자의식

1.

자신의 꿈을 펼칠 수 있는 대학에 들어가고자 입시 준비에 몰두하고 있을 학생들에게 무언가 말을 할 기회가 생겼다. 참으로 소중한 자리인지라, 내 전공이 문학이어서 이 글을 읽을 독자들과 거리가 있을 수 있다는 점은 아무 문제가 되지 않는다. 근본을 생각해보면, 넓고 넓은 학문의 세계를 나누는 선들이야 다소간 편의적인 것에 불과하기 때문이다. 자연과학이든 실용학문이든 또는 인문학이든, 학문의 세계에서 무언가를 이루어 내기 위해 요청되는 것은 대개 동일하다. 막스 베버(Max Weber)의 말대로 '성실성'과 '상상력'이 그것이다. 여기에 '자의식'을 더하여, 학문의 길에 조금 먼저 들어선 입장에서 느낀 바를 전하고 싶다.

2.

성실함이야말로 공부를 하는 데 기초가 되는 덕목이다. 누구나 다 아는 사실이라고 흘려들어서는 안 되는데, 빤한 이야기들에는 빤한 만큼 보편적인 진실이 있는 까닭이다. 성실함이 일류를 보장해 주지는 않지만 성실하지 않고서 일류가 될 수는 없다.

부지런히 공부하는 것만이 성실함을 입증해 주지도 않는다. 근면은 성실함의 겉모습일 뿐이다. 자기 공부의 기초를 확실히 닦는 일이나, 세부 전공의 틀에 갇히지 않고 그것을 확장하여 인접 학문의 대강을 알고자 노력하는 일 등이 성실함을 내실 있게 해 준다. 이에 더해서, 자신이 공부하고자 하는 학문의 역사적인 흐름과 현재의 상황을 끊임없이 확인하는 것 또한 성실함을 참되게 하는 데 있어 중요하다. 연구사의 동향을 놓치지 않고 자기 공부에 활용 가능한 주변 성과들을 넓고 깊게 챙겨 둘 때에야 비로소, 성실한 연구자라 할 수 있다.

3.

상상력은 일류의 연구자가 되기 위해 꼭 필요한 자질이다. 새로운 학문 영역을 창안해 낸 학자들 곧 데카르트나 뉴턴, 다윈, 마르크스, 프로이트, 아인슈타인 등은 모두 놀라운 성실성 위에 비상한 상상력을 소유한 학자들이었다.

이들과 같은 대가를 꿈꾸지는 않더라도 자기 연구 분야에서 가치 있는 성과를 얻기 위해서는 반드시 상상력을 갖춰야 한다. 상상력이란 기존의 사유 및 연구 방법을 회의할 수 있는 능력 곧 다르게 생각하는 힘이다. 권위에 대한 맹목의 반대편에서 논리 체계 전체를 문제시할 수 있는, 고독하지만 빛나는 진리 탐구자를 탄생시키는 것이 바로 상상력이다.

4.

자의식이란 무엇인가. 다소 맹목적인 근면함으로부터 성실함을 구별해 주고, 턱없는 괴짜와 참된 상상력의 소유자를 나눠 주는 덕목이다. 자신이 '무엇을', '왜' 하고 있는지를 살펴보게 하는 능력이 바로 자의식이라 할 수 있다.

이러한 자의식은 성실함에 의해 강화되고 상상력에 이끌리는 한편, 학자이기 이전의 사회인으로서 갖춰야 할 인문사회학적인 교양의 폭과 깊이에 의해 결정적으로 좌우된다. 이런 의미에서 연구자의 자의식은 연구의 현실적인 토대와 사회적인 효과를 가늠케 하는 지표에 해당한다. 좀 더 내밀하게는, 연구자 개인에게서 학문 연구의 참된 가치와 내적인 의의를 길어 올려 주는 것이 자의식이라 할 수 있다.

5.

얼핏 보아 이러한 내용은 훌륭한 연구자의 특징인 양 여겨져, 입시를 앞에 둔 학생들은 물론이요 대학생들과도 무관한 것처럼 생각될 수도 있다. 그러나 사정은 그렇지 않다. 근본에 있어서 공부의 경계가 의미를 잃는 것처럼, 공부의 본질이 그 단계에 따라 달라지는 않기 때문이다.

공부하는 사람의 기본 덕목인 성실함을 몸에 배게 하고, 학교에서 배우는 다양한 교과들을 관련짓고 여러 맥락으로 생각하게 해줄 상상력을 키우며, 자신이 어떤 이유와 목적으로 공부를 하며 무엇을 지향하는지를 가늠케 하는 자의식을 갖추고자 노력하는 것은, 공부에 뜻을 두었다면 누구도 예외가 될 수 없는 일이다.

이상의 세 가지를 갖추고자 노력하는 데 더해서, 성실함이 생활화되어 있고 상상력을 키울 여지가 충만하며 자의식을 강화할 기회가 마련되어 있는 공부의 터전을 알아보고 선택할 수 있는 혜안과 도전 정신까지 갖춘다면, 이 글을 읽는 여러분의 미래는 밝고 푸를 것이다. 부급종사 불원천리(負笈從師不遠千里)라 했듯이, 이 나라 이 세계 모두가 여러분들의 배움터인 까닭이다.

신입생 입학식장에서
그들의 이름을 뇌어 본다

신입생 입학식장엘 들렀다. 개회되기 전까지, 학사과정 신입생 306명의 이름을 하나씩 속으로 불러 보았다. 수학과의 김○○ 군에서 단일계열의 황○○ 군까지, 수업 시간에 출석을 부르듯 마음속으로 호명해 보았다.

이름을 부른다는 것은, 누군가에게 정체성을 부여함으로써 그를 주체로 인정하는 것이다. 기호나 번호가 아니라 이름으로 불릴 때 비로소 우리는 세상에 유일한 '바로 이 사람'이 된다. 이름이야 명목일 뿐이라 생각할 수도 있고 주체로 호명된다 하더라도 주체성이 곧바로 수립되지 않는 것 또한 자명한 일이지만, 이름을 부르고 그 이름으로 불리고 하는 과정 속에서야 주체 및 상호 주체 관계가 수립되는 것 또한 엄연한 사실이다. 한순간도 고정되지 않고 끊임없이 유동하는 우리의 정체성에 변화 발전의 면모를 부여하고 방향을 잡아줌으로써, 각 개인의 정체성을 뚜렷이 만들어 주는 것이 바로, 각자에게 고유한 이름에 따라 그를 불러주는 행위이기 때문이다. 바로 이러한 생각에서, 내가 할 수 있는 최대한의 환영으로, 신입생들 한 명 한 명의 이름을 뇌어 보았다.

아직 어느 누구의 얼굴도 제대로 본 적이 없고, 더러는 강의실에서 한 번도 만나지 않을 수도 있고, 앞으로 4년여 간 어쩌면 대부분의 경우는 교정에 함께 있어도 그저 스쳐지나갈 뿐일 수도 있으리라. 하지만, 오늘의 입학식 이후로, 그들 각각과 나는 포스텍(POSTECH, 포항공과대학교)의 사제로 인연을 맺게 되었다. 허니, 짧은 시간을 쪼개어, 그들 한 명 한 명의 이름을 불러보며 이 인연을 확인해 보는 것은 나름의 의미가 없지 않다.

이름 가운데는 낯선 경우도 있고 참으로 흔해서 눈에 띄지 않는 경우도 있지만, 눈에 띈다고 시간을 더 들이거나 익다고 건성으로 넘어가지 않으려고 노력했다. 한 명 한 명을 생각하며 읽다 보니, 나와 이름이 같은 학생도 보이고 내 아들과 동명인 학생도 보인다. 물론 그렇다고 그들에게 더 애정을 표하지는 않는다. 그들 모두 포스테키안(Postechian, 포항공대인)이고, 비록 나와는 학과라는 울타리 밖에서 만나긴 하지만, 다들 내 제자인 까닭이다. 더 나아가 생각해 보면, 그들 각각이 저마다 제 집안의 자랑이고, 미래의 동량이 될 가능성을 듬뿍 안고 있는 존재이기 때문이기도 하다.

개회 전이라 웅성웅성한 속에서 마음속 호명을 통해 신입생 각각의 앞날에 축하의 마음을 전하는 동안, 내게도 무언가가 전해져 왔다. 그들 모두가 저마다의 가슴속에 품고 있을 미래에 대한 희망, 이른바 '청운의 꿈'의 그 생생함이 느껴진 것이다. 강당 높은 곳 뒷자리에 앉아 신입생들의 이름을 짚어보면서, 자신들이 펼쳐갈 미래에 대한 그들의 싱싱한 염원, 아직 상처받지도 훼손되지도 않은 그 순수한 초심을 슬쩍 맛볼 수 있게 되었다. 이렇게, 몇 분의 시간을 할애해서 나는 돈으로도 시간으로도 살 수 없는 젊은 마음을 조금 얻었다. 교단에 서는 자에게는, 이야말로 새해 새 학기의 시작에 걸맞은 소중한 체험이 아닐까 싶다.

강의의 즐거움, 황홀함과 보람

나는 강의를 즐긴다. 몸이 개운치 않거나 마음이 밝지 않을 때에도 강의를 하면 모든 것을 잊고 활력을 얻게 된다. 강의의 즐거움은 두 가지로 온다.

첫째는 일종의 '작품 창작의 황홀경'. 한 시간의 강의는, 형식과 의미가 하나의 구조를 이루는 말하기라는 점에서 하나의 작품에 해당한다. 한 가지 주제로 강의할 때뿐 아니라 여러 내용을 다룰 경우도 사정이 마찬가지다. 전자가 완미하게 짜인 단편소설이라면 후자는 옴니버스에 해당될 뿐, 작품이라는 점에서는 같은 셈이다.

작품으로서의 강의는 퍼포먼스의 성격도 띤다. 강의실을 돌아다니며 학생들과 실시간으로 호흡을 맞추어야 하기 때문이다. 질문이 있으면 답하고 없으면 내가 물으며 나는 그들과 끊임없이 소통한다. 설명이 먹혀들고 있는지, 중요도를 제대로 헤아리고 있는 것인지 등을 시선으로 확인하면서 그들의 반응을 읽는다.

작품으로서, 퍼포먼스로서 강의를 진행할 때 나는 즐거움을 느낀다. 내 강의에 나 자신이 빠져들면서 일종의 '작품 창작의 황홀경'을 체험하는 까닭이다.

둘째는 감독 혹은 지휘자의 보람. 강좌 중에는 강의의 비중이 크지 않은 경우가 있다. 글쓰기나 발표, 토론 등 의사소통능력을 가르치는 교과처럼 '강의'가 아니라 '지도'가 필요한 수업이 그런 예다. 이런 과목에서 나는 훌륭한 선수들을 구비한 축구감독이나 저마다 개성이 뚜렷한 단원들로 구성된 악단을 맡게 된 지휘자의 심정을 느낀다. 이 보석 같은 친구들을 잘 조련해서 멋진 조화를 이루어내는 것이 내가 해야 할 일이라는 걸 알고 그것만으로도 가슴이 뿌듯해진다.

여기서는 '학생들을 읽는' 기쁨이 무궁무진하다. 학생들의 의사소통능력을 가늠하고 지도하는 일은 말 그대로 과정적이다. 정해진 답도 결론도 없는 상태에서, 학생들과 함께 사고하며 맥락을 짚어 주고, 결함과 개선책을 지적해 주는 등 실시간으로 지도하다 보면, 그들의 수행 능력이 발전하는 것을 확인하는 매순간 기쁨을 느끼게 된다. 히딩크나 금난새 씨 등이 느끼는 보람과 즐거움이 이런 것이겠구나 싶다.

여전히 강의를 즐기되, 요즘에는 변화의 필요성을 자각하고 있다. '작품 창작의 황홀경'과 '감독 혹은 지휘자의 보람'이 종합될 필요를 느끼는 것이다. 이에는 두 가지 계기가 있다. 가끔 딴전을 피우는 학생들을 통해 '즐거운 수업'이 나만 즐거운 것은 아닌가 하는 반성을 하게 된 것이 하나고, 학제간 교과를 진행하면서 내 그릇을 가늠해 보게 된 것이 다른 하나다.

대학 선생을 세 등급으로 나누는 우스개가 있다. 삼류 선생은 자신도 모르는 것까지 강의하는 초보 선생이고, 이류 선생은 자기가 아는 것을 모두 풀어내는 경우라 한다. 다행히도 삼류는 아니지만 문학 수업의 나는 갈데없는 이류였다. '학생들이 알 수 있는 것을 알게 해 주는' 일류 선생님들과 학제간 교과를 운영하다 보니 내가 이류임이 선명히 보였다.

위의 우스개에는 중요한 진실이 있는 것 같다. 가장 큰 의미는, 강의가 일방향적인 것이 되어서는 안 된다는 점이다. 학생을 수동적인 입장에 가둬 두고 은행 저금을 뽑아내듯이 선생이 일방적으로 지식을 풀어내는 강의는 일류일 수가 없다는 것이다. 열정과 애정으로 채색해도 이류는 이류일 뿐이다.

알 수 있는 것을 알게 해 주는 일류 선생이란, 학생들의 필요와 능력을 적절히 읽고 거기에 맞추어 그들이 소화할 수 있는 것을 소화하게 해 주는 선생이리라. 이런 일류 선생의 수업은 결코 일방향적인 것일 수 없다. 눈짓의 소통이 아니라 말 그대로 소통하고, 학생들이 서로 대화하게 하며, 정해진 지식의 전달이 아니라 학습자들이 상호적으로 지식을 창출해 내게 하기 때문이다.

이렇게 변화의 필요성을 느끼면서 나는 '즐거운 일류 수업, 일류 강의'를 꿈꾸고 있다. 구체적으로는 협력학습 운영 방안을 모색하고, 원리적으로는 '학생과 더불어 나도 즐거운' 수업 모델을 궁구하고 있다. 학생들이 즐겁게 배우고 스스로 깨치기에 선생도 즐거워지는 수업, 내가 계속 강의시간을 즐길 수 있기 위해 만들어 내야 할 일류 강의의 모습이다.

인문학 교수가 이공계 대학생을 만났을 때

대학선생으로서 나의 주된 교육활동은 이공계 학생들에게 문학을 가르치는 일이다. 〈문학의 감상과 이해〉나 〈대중문학의 이해〉 등의 교양과목을 통해서, 학생들에게 문학 활동의 여러 측면을 온당하게 바라보는 안목을 갖춰주는 것이 내 소임이다.

수강생들의 전공과는 직접적인 관련이 없는 까닭에, 나의 강의는 가급적 폭넓게 인문학적인 소양을 펼쳐 보이는 데 초점을 맞추고 있다. 다른 한편으로는 학생들 스스로 협력학습을 통해 배울 수 있도록 다양한 형식의 발표 및 토론 수업을 진행하고 있다. 요컨대 세부전공의 벽에 갇혀 있는 이공계 대학생들이 평소 접해 보지 못했던 새롭고 낯선 사유방식들을 경험하고 그럼으로써 창의적인 사고를 발전시켜 볼 수 있도록 강의 내용과 방식을 구성하고 있다.

학생들의 열의와 성실함 덕에 전체적인 결과는 만족스럽지만, 매학기 강의를 시작할 때마다 처음 몇 주는 적지 아니 힘이 든다. 내 강좌 나아가서는 인문학의 목표와 특징에 대한 설명을 겸하여, 수강생들이 갖춰야 할 바람직한 자세를 내내 강조해야 하는 까닭이다. 내가 수강생들에게 요구하는 자세는 '열린 마음(open mind)'이다.

강좌 초반에 나는, 문예학 나아가 인문학의 경우 동일한 사안을 문제화하는 다양한 방식이 있으며, 따라서 답 또한 하나가 아니라 거의 항상 여럿이고, 때로는 서로 모순되기까지 하는 답들이 모두 나름대로 정합성을 갖출 수도 있다는 점을 강조하고, 이러한 현상에 대해 불편해 하지 말라고 당부하느라 애를 쓴다. 일종의 '아이스 브레이킹(Ice-breaking)'에 학기 초의 상당 시간을 할애하는 것인데, 몇 년간의 경험에 비추어, 이 과정이 없으면 안 된다는 것을 깨달았다.

내가 가르치는 학생들은 둘째가라면 서러워할 이공계 분야의 수재들이지만, 매우 유감스럽게도 이들의 사고방식은 대체로 단선적으로 경직되어 있다. 문제의 올바른 정식화는 단 하나이며, 따라서 정답 또한 하나이고, 문제에서 해답에 이르는 과정 또한 선형적이리라는 기계적인 사고방식이 상당수 학생들을 지배하고 있다. 해서 앞서 말한 '아이스 브레이킹' 과정 없이 수업을 진행하다 보면, '그래서 어떻다는 것이냐' 혹은 '도대체 결론이 무어냐'는 식의 불만 섞인 질문과 학기 내내 씨름해야 하는 불행한 사태가 빚어지게 된다.

이러한 사정은 너무 흔해서 (특히 젊은 대학생들에게는) 당연한 것처럼 여겨질지도 모르지만, 짐짓 생각해 보면 전혀 당연한 것이 아니며 궁극적으로는 우리 교육의 문제를 고스란히 보여주는 것이어서 씁쓸하기 그지없다.

고등학교 교육이 문과 이과로 나뉘어 있는 것이나 대학 교육이 전공학과제와 학부제를 왔다 갔다 하며 갈피를 잡지 못하고 있는 것이 이 문제의 실상이다. 좀 더 들어가 보면, 대학의 경우 인문계와 이공계 각각 속에서도 전공학과 간의 장벽이나 세부전공 사이의 간격이 높고 멀어서 통합적인 교육효과를 얻지 못하는 현상을 지적할 수 있다. 이러한 문제에 대해 고등학교의 문과 이과 구분 폐지나 대학의 학과 통합 등 여러 가지 비판과 대안이 제기되어 왔음을 우리는 알고 있다. 그러나 논란은 있어도 설득력 있는 정책 결정은 없는 것이 사실이다.

해서 여전히 문과생은 자연과학을 모르고 공학에는 관심도 없으며, 이공계 학생은 인문학을 뜬구름 잡는 이야기쯤으로 치부해 버리고 몇몇 직업 선택에 유리한 사회과학에나 가끔 기웃거리는 현상이 반복되고 있다. 50년 전에 스노우가 말한 저 유명한 '두 문화' 현상이 교육의 양분화 현상으로 여전히 우리를 지배하고 있는 형국이다.

여기에서 '두 문화' 현상에 대해 논할 여유는 없지만 다음 세 가지 사실만큼은 명확히 해 두고 싶다. 첫째는 인류의 학문이 근대에 이르러 자연과학과 인문학으로 나뉘고 거기에 사회과학이 추가되어 세 분야로 분화, 발전해 왔다는 역사적 사실이다. 둘째는 모두가 경험적으로도 알고 있듯이 각각의 경우 연구 대상이나 연구방법의 설정 방식과 연구 결과에 대한 평가의 체계를 달리한다는 점이다. 셋째는, 그럼에도 불구하고, 인간과 세계, 자연의 탐구라는 목적에 있어서는 세 가지 학문 분야 모두 공통점을 갖고 있다는 사실이다.

이 세 가지 사실을 놓고 본다면, 우리의 문제는 차이를 나타내는 둘째 사실만 강조해 온 데서 생긴 것이라고 할 수 있다. 아니 첫째와 셋째 사실을 충분히 의식하지 않음으로써 부지불식간에 둘째만을 유일한 사실로 전제하고, 상호간에 부정적인 경쟁만 일삼은 탓이라고 할 수도 있겠다. 그 결과로 자연과학은 인문학이나 사회과학 없이 오로지 혼자서 우주와 인간을 궁극적으로 해명할 수 있으리라 자신하게 되고, 인문학은 그에 토라져서 자신만의 성채를 정교화하고, 사회과학은 실용학문 위주로 그때그때를 때워 왔다고 하겠다. 근래에 화두가 된 '통섭'의 실상이란 게 자연과학의 전일적, 폭력적인 해석에 불과했음도 이러한 사정의 주요한 예가 아닐까 싶다.

사정이 이러하니, 이공계 대학생을 상대로 하는 문학 강좌 초반이 인문학을 받아들이는 열린 자세를 요청하는 것으로 채워지는 것은 우리 현실에서 불가피한 수고에 해당된다. 교육의 목적이 지식의 전달에 있다기보다 지식의 활용 능력을 키워주는 데 있다는 점을 고려하면 사고방식을 폭넓고 유연하게 하는 것이 자체로도 의미 있는 일임은 분명하겠지만, 이공계 대학생을 위한 인문학 강좌의 적지 않은 부분이 '열린 마음'을 갖추게 하는 데 집중되어야 하는 현실이 안타깝다는 사실이 변하지는 않는다. 현대 인문학이 보이는

'열린 특성' 자체가 사실, 20세기 초엽에 벌어진 과학혁명의 성과에 힘입어 발전된 것이라는 사실을 고려하면 더욱 그러하다.

인문학이 보이는 개방적인 특성은 본질적으로, 상대성이론이나 불확정성의 원리, 양자역학 등이 열어젖힌 새로운 세계 이해와 과학사 및 과학철학과 관련된 20세기 후반의 논의에 지대한 영향을 받아 발전된 것이다. 이러한 점을 염두에 두면, 우리나라 이공계 대학의 인문학 강좌가 겪어야 하는 위와 같은 수고는 아이러니컬하면서도 매우 씁쓸한 것이다. 인간과 세계의 탐구라는 공통의 목적하에 현대의 과학과 인문학이 공유하고 있는 열린 특성이, 우리의 고등교육에서는 거의 반영되지 않고 있다는 사실의 결과이기 때문이다.

이런 연유로, 문과 이과의 구분이나 대학 전공의 장벽 등의 문제를 해소하기 위해서는 각 분야 학생들의 사고를 서로 이어주는 '아이스 브레이킹'으로서 자연과학과 인문학, 사회과학이 갖는 공통의 목표를 환기시키고 이들 학문이 얽혀 있는 역사를 가르치는 일이 중요하지 않나 생각해 본다. 이러한 교육 내용이 고등학교 교육과 대학의 기초교육에 제도적으로 정착된다면, 인문학 교수가 이공계 대학생을 만났을 때 투자해야 하는 개인적인 수고들이 상당 부분 줄어들 것이다. 그렇게 절약되는 시간만큼 이공계 학생들에게 인문학의 향연을 베풀 기회가 늘어난다면, 인간과 세계에 대한 학생들의 이해를 증진시키는 데 있어서 그처럼 좋은 일도 없을 것이다.

공부 잘하는 바보들을 어찌할 것인가

20년 넘게 대학 강단에 서서 수많은 학생들을 가르쳐왔는데, 근래에 들어 한 가지 고민이 커졌다. 여러 교과를 개발하고 교수법에도 끊임없이 관심을 가져오면서 교육의 효과를 높이기 위해 나름대로는 계속 노력해왔지만, 요즘 들어 되돌아보니 근본을 짚은 것은 못 된다는 생각이 드는 것이다. 교육의 방법이 아니라 목적에 있어서 뭔가 어그러져 있다는 느낌이 든다.

교육의 목적은 무엇인가. 이 질문에는 명확한 답변이 마련되어 있다. 사회가 요구하는 인재의 양성이 그것이다. 이른바 '홍익인간'이니 '전인교육' 운운이 한갓 이데올로기임은 누구나 알고 있다. 과거의 교육은 그러한 목적에 충실하려고 했는지 몰라도, 우리 시대의 교육에서는 그러한 구호 자체가 사라져버렸다. 따지고 보면 근대교육 일반이 실상 그러한 목적을 추구해 본 적이 없으니 그런 구호가 사라져버렸다고 애석해 할 일도 아니다.

다시 말하지만 교육의 목적이 사회가 요구하는 인재를 키우는 것이라는 데에는 이론이 있기 어렵다. 사회의 근본 원리를 생각해 보면 사정이 자명해진다.

모든 사회가 갖는 기본적인 목적은 망하지 않는 것이다. 적극적으로 보자면, 망하지 않는 데서 그치지 않고 발전하는 것이 사회의 목적이라 하겠다. 자신을 단순히 유지하는 데서 나아가 확대재생산하는 것이 사회의 기본 목적이다. 사회가 자신을 확장하는 것은 두 가지로 이루어진다. 하나는 재화와 용역을 생산하는 것이요, 다른 하나는 사회 구성원을 (재)생산하는 것이다.

각종 물자와 서비스를 만들고 유지시키는 전자를 우리는 경제 활동이라 부른다. 경제가 제대로 돌아가지 않을 때 사회 전체가 겪는 어려움을 생각하면 재화와 용역의 생산이 사회의 존속에 얼마나 중요한 기본적 활동인지를 실감할 수 있다.

사회의 기본 목적에 복무한다는 점에서 사회 구성원의 (재)생산 또한 경제만큼이나 중요한 것임을 짐작할 수 있다. 사회 구성원의 (재)생산이란 무엇인가. 출산이나 이민을 통해 새로운 사회 구성원을 만들어 내는 것이 바로 사회 구성원의 생산이고, 그들을 사회의 발전에 필요한 역량을 갖춘 존재로 만드는 것이 바로 사회 구성원의 재생산이다. 이 '사회 구성원의 재생산'을 우리는 교육이라 부른다. 요컨대 교육이란 사회가 필요로 하는 역량을 사회 구성원에게 함양하는 행위로서 사회의 유지, 발전에 필수불가결한 것이라고 할 수 있다.

　이에 더하여 한 가지 생각해볼 사항이 있다. 사회의 확대재생산이 뜻하는 바가 무엇인가 하는 점이다. 국민총생산이 증가하고 일인당 국민소득이 얼마 이상 되는 것 등도 중요하지만, 이것이 전부가 아니라는 점을 잊지 말아야 한다. 이상은 재화와 용역의 측면만 본 것일 뿐 사회 구성원을 고려한 것은 아니기 때문이다. 사회가 사람들의 집합인 만큼 사회의 발전을 고려할 때에도 그 인간적 측면을 중시해야 한다. 이런 점에서 사회 구성원을 재생산하는 교육이란 인간들이 더불어 사는 데 필요한 역량을 키워주는 행위라고 고쳐 말할 수 있다. 대학에서 행해지는 수많은 전공교육도 여기에 속하지만 이것이 전부는 아니라는 점이 중요하다.

　한편으로는 공동체의식과 타인에 대한 배려심이 필요하고 다른 한편으로는 구체적인 인간관계를 원활하게 해 줄 의사소통 및 대인관계 능력이 요청된다. 누구도 독불장군으로 살 수는 없으며 지위고하를 막론하고 타인의 도움에 기대어 살게 마련임을 자각한 상태에서, 나의 삶을 궁극적으로 조건 짓는 '우리의 삶'을 돌보는 자세가 공동체의식이다. 이러한 의식이 마주한 개인이나 사회적 약자에게 향할 때 배려심이 되고, 그 배려심 위에서 누구에게 무엇을 왜, 어떻게 말해야 할지를 알고 그에 맞춰 실행하는 것이 의사소통능력이다.

　공동체의식이 지나간 시대의 이데올로기일 수 없고 의사소통이나 대인관계 능력이 한갓 '스킬'일 수 없는 것은 이 모두가 우리의 삶 곧 사회의 유지 발전에 꼭 필요한 역량이기 때문이다. 따라서 전공공부만 잘하고 공동체의식이나 배려심, 의사소통능력이 부족한 학생이 있다면 이야말로 '공부 잘하는 바보'에 불과하다고 하지 않을 수 없다. 공동체사회에는 맹목인 채 제 한 몸만 생각하고, 타인을 배려하기는커녕 주변 사람들을 고려조차 하지 않으며, 이른바 '기초 생활영어(survival English)'에만 매달릴 뿐 상황과 목적, 상대를 고려한 사교적인 말조차 제대로 하지 못하고, 대인관계의 매너는 고사하고 간단한 인사조차 제대로 하지 못하는 우리 시대의 수많은 대학생들이 바로 '공부 잘하는 바보'이다.

해마다 얼마나 많은 대학생이 이러한 바보 상태로 사회에 나가는지를 생각하면 대학교수라는 명함 내밀기가 부끄러워진다. 대학을 학문의 전당이라 하든 산학협력의 맥락에서 예비 직장인을 배출하는 곳이라 하든 '공부 잘하는 바보'의 교수라는 데서 오는 부끄러움은 어쩔 수 없다. 교수도 선생인 이상에야 이들의 바보스러움을 가정과 중등학교 탓으로 돌릴 수는 없으니 더욱 문제다.

교수니까 교양도 가르쳐야 한다!

국문학을 전공한 인문학자가 이공계 연구중심대학의 교양과정 교수로 지내다 보면 예기치 못한 경험도 하게 된다. 다소 당황스러운 경우는 내 세부전공이 현대문학이란 걸 듣자마자 그러면 소설도 쓰느냐고 물을 때다. 이런 질문에 대해서는 야구 해설가가 직접 야구를 하는 건 아니지 않느냐며 넘기고 만다. 저절로 떠오르는 어색한 웃음을 싱그러운 미소로 감추며 말이다.

그러나 상황이 다음처럼 되면 당혹스러움을 감추기 어렵다. 내가 속한 부서는 '인문사회학부'인데 예전에는 명칭이 '교양학부'였단다. 그걸 기억하고 있는 교수들 중에는, 교양학부에 있으니 학생들에게 예의범절도 가르치는 등 교양 교육에 힘써 달라고 하는 분들이 간혹 있다. 이런 경우 당혹스러움이 아니라 황당함, 나아가 화

증까지 느끼게도 된다. 문사철의 인문학이 동양 학문의 기초요 문학교육 또한 엄연한 대학교육이며 근대학문의 소산인데, 국문학자인 나더러 교양을 가르치라니 웬 말인가 하는 심사에서이다.

하지만 곰곰 생각해보면 화를 낼 일만도 아닌 것 같다. 대학교육의 주된 내용이 전공능력을 키우는 데 있음은 분명하지만 이것으로 충분하지 않은 것 또한 부정할 수 없다. 대학을 나온 젊은이들이 이메일 하나 변변히 쓸 줄 모르고, 타인과 함께 일해야 하는 상황에서 요구되는 팀워크 정신이나 의사소통능력 등을 제대로 갖추지 못하는 현실을 생각하면 더욱 그렇다. 대학이 백화점 문화교실이 아니고 대학교육이 교양교육으로 환원될 수 없음은 분명하다 해도, 교육의 본래 목적에 비추어볼 때, 진정한 의미에서의 '교양 있는 인간'을 길러내는 일반교육(general education)의 중요성은 결코 외면될 수 없는 까닭이다.

교육의 목적은 무엇인가. 앞에서도 말했지만, 사회가 요구하는 인재의 양성이 그것이다. 사회의 근본 원리를 생각해 보면 사정이 자명해진다. 모든 사회가 갖는 기본적인 목적은 자신을 확대재생산하는 것 즉 번영하는 것인데, 이를 위해서는 경제활동과 더불어서 사회 구성원의 생산, 재생산이 필요하다. 여기서 사회 구성원의 생산이란 출산이나 이민을 통해 새로운 사회 구성원을 만들어 내는 것이며, 사회 구성원의 재생산이란 새로운 사회 구성원을 사회의 발전에 필요한 역량을 갖춘 존재로 만드는 것 즉 교육을 가리킨다. 요컨대 교육이란 사회의 유지, 발전을 위하여 사회가 필요로 하는 역량을 사회 구성원에게 함양하는 행위인 것이다.

여기서 한 가지 명확히 해 둘 것이 있다. 사회의 발전을 위해 필요한 역량을 사회 구성원에게 함양한다는 것이 기업체가 요구하는 '준비된 신입사원'을 배출하는 것 등으로 좁게 이해되어서는 안 된다는 점이다. 사회의 발전이 경제 발전으로 환원될 수는 없기 때문이다. 사람이 사회의 근본인 만큼, 교육의 소명은 '인간들이 더불어 사는 데 필요한 역량의 함양'에 두어져야 한다.

따라서 교육은 지식과 학습능력을 증진시키는 외에, 인간관계를 원활하게 이끌 능력을 함양하고 공동체의식을 불어넣는 한편, 개인의 궁극적인 행복을 가능케 할 내적 가치를 일깨워 주어야 한다. 이러한 교육의 몫이 어디에 있는지, 가정인지 중등학교인지 대학인지를 따지는 일은 교육자로서 부끄러운 짓이다. 대학 입학생들이 사회가 필요로 하는 능력이 부족하다면, 학문의 상아탑에 있는 교수라 해도 그것을 가르쳐야 할 공교육의 마지막 보루가 되는 것은 어쩔 수 없는 일인 까닭이다.

이러한 사정을 되짚어 보면, 이공계 연구중심대학의 인문학 교수가 됐든, 예술중심대학의 공학 교수가 됐든 가릴 것 없이, 연구와 전공교육 외에 일반 교양교육에도 힘써야 할 것이 분명하다. 대학 졸업생들이 성인 노릇을 제대로 못 한다면, 그들을 교육해야 할 의무를 지고 있는 교수가 제 역할을 다하지 못한 것이니, 전문연구원이나 대학행정가와 다를 바가 무엇이겠는가. 교수니까 교양도 가르쳐야 하는 것이다.

'ㅜ'자형 인재, 불행한 대학생 만들기

          이공계 연구중심대학의 인문학자로서 내가 포스테키안들의 교육에 있어 가장 역점을 두는 것은 학생들에게 욕망을 불어넣어 주는 일이다. 포스텍의 학생이 되었다는 자부심에 취해 현재의 상태가 최선이라고 믿지 말고, 여전히 부족한 것, 현재 결여되어 있는 것을 찾고 그 가치를 깨우쳐 그것에 대한 갈망을 키우라고 강조한다. 좀 더 구체적으로 말하자면, 현재 수준에 비해 더 훌륭한 과학도, 더 멋진 대학생, 더 나은 청년이 되기 위하여 갖춰야 할 것이나 지금 부족한 점이 무엇인지를 알려 주면서 그에 대한 갈망을 키워 주는 것이다. 이렇게 현재 상태에서 결여를 확인하고 불만족스러운 심정을 갖게 한다는 점에서, 나는 학생들을 불행하게 만든다. 국내 최고 이공계 학생들을 불행에 빠뜨리는 것, 이것이 포스텍의 인문학자인 나의 사명이다.

현재 상태(status qua)에 안주하지 않고 그 너머를 꿈꾸는 것은 인간 고유의 본성이다. 인류를 제외한 그 어떤 생물도 주변 환경을 끊임없이 바꾸며 자신들의 역사를 만들지 않는다. 오직 인간만이 자연을 바꾸고 사회를 발전시키며 다른 사람을 교육하면서 인류 특유의 문명과 문화를 만들어 왔다. 이러한 변화를 만들어 온 동력은, 그들이 처한 현재의 상황 그 너머를 향한 꿈과 열정이다. '그 너머'가 현실과 너무 동떨어져 있으면 망상이나 공상이 되고 현실에 조금 가까이 있는 경우 이상이 되는데, 망상에서 이상에 이르는 이 모든 열망, 현실에 부재하는 것에 대한 이 뜨거운 동경이야말로 세계를 인간화하며 문명을 이루고 문화를 꽃 피운 동력에 해당한다.

구체적으로 말해 보자. 불의 사용에서 전자기력의 활용에 이르며 인간의 활동 영역을 넓히고, 바퀴의 발명으로부터 잠수함이나 우주왕복선의 개발에 걸쳐 인간 세계의 공간적 제한을 줄여 온 것 등이 자연을 개척하여 인류 문명을 수립해 온 대표적인 사례에 해당한다. 끊임없이 생산력을 증대시키고 생산성을 높이면서 사회의 규모를 키우고, 사회가 운영되는 원리를 부단히 발전시켜 민주주의에 기초한 공화제를 이룬 것 또한 우리가 사는 사회를 보다 인간화해 온 문명 활동의 또 다른 축이다. 이뿐이 아니다. 자연과 우주의 운동 법칙에 대한 객관적인 이해를 부단히 증진시키는 한편 인간사회의 원리를 끊임없이 규명하고, 인간의 본성을 계속 탐구, 계발함으로써 학문과 예술의 세계를 창조해 온 것 또한 현재 상태 너머 곧 현실에 없던 것을 실현해 온 문화 활동의 본질이다.

이렇게 인류가 해 온 모든 활동, 육체적으로나 정신적으로 수행해 온 모든 발명, 발견, 창조의 활동들은, 현재의 자연이나 사회, 인간 상태 너머를 현실에 구현해 온 것이라는 점에서 동일한 속성을 지닌다. 따라서 자연과학이나 공학, 사회과학 및 인문학 그리고 문화예술에 걸치는 인간의 모든 활동이란, 현재 상태에 안주하지 않고 보다 나은 상태를 실현하는 것, 현재에 없는 것을 찾아 그 결여를 느끼고 그에 대한 동경을 키워 마침내 그것을 현실화하는 것, 요컨대 현실 너머를 욕망하고 그것을 성취하는 단일한 과정의 다양한 양상일 뿐이라고 할 수 있다. 여기까지 와서 보면, 단지 인문학 교육만이 아니라 모든 교육의 본질이 새로운 욕망을 불어넣어 주는 데 있음을 알 수 있다. 우주나 뇌의 신비를 탐구하는 것이나, 산업계의 필요와 요구에 부응하는 산학협력연구를 수행하는 것은 물론이요, 인문사회과학적 지식과 예술적 소양을 가르치는 교양교육 또한 더 나은 미래를 향한 인간의 욕망을 키워 인류사회를 발전시키는 데 목적이 있는 것이다.

발명과 발견, 창조 각 분야 고유의 특성이 있고 각각의 개인이 모든 분야에 정통할 수는 없는 일이지만, 그렇다고 어느 한 분야에 안주해서도 안 되는 것 또한 분명하다. 위에 말한 모든 일들이 다 '사람의 일'인 까닭이다. 따라서 현실적으로 두 가지 자세가 요청된다. 각자가 속한 전문분야에서 수월성을 갖춘 인재가 되는 것이 한 가지이고, 그러한 각각의 분야 모두가 공통적으로 갖는 두 가지 속성 즉 이 모두가 사람의 일이며 동시에 현재 상황 너머를 실현하는 미래 창조의 실천이라는 점을 마음에 새기는 것이 다른 한 가지이다. 이를 달리 말하자면 전공능력을 깊이 습득함과 더불어 인간과 사회에 대한 기본적인 소양을 폭넓게 갖추는 'T'자형 인재가 되어야 한다고 할 수 있다.

대한민국 이공계의 미래 리더가 되기를 요청받는 현재와 미래의 포스테키안들에게 있어서 이 점은 특히 중요하다. 전공분야의 최고 전문가·학자에 그치지 않고 인간과 사회의 근본적인 문제를 인지하고 그 해결 방안의 모색에 참여할 수 있는 지식인의 면모까지 갖출 때 비로소 어떠한 분야에서든 진정한 리더가 될 수 있기 때문이다. 인간과 사회의 본성을 탐구하는 인문사회과학과 인간성의 발양에 기여하는 예술에 대한 소양이 우리 모두에게 요청되는 이유가 여기에 있다. 생명복제나 킬러로봇의 현실화가 목전에 있고, 현실과 공학적 산물의 분리가 실제적으로 불가능하며, 의생명공학이나 웨어러블(wearable) 컴퓨팅의 발전으로 우리 자신이 사이보그가 되어가는 현실에서, 이러한 요청이 한층 절실해졌기 때문이기도 하다.

향후 60년을 살아야 할 학생들의 교양교육

　　　　　　요즘 널리 읽히는 김난도 교수의 『아
프니까 청춘이다』에는 '인생시계'라는 개념이 나온다. 우리의 80년
인생을 24시간으로 환산해보는 것인데, 그 결과는 놀랄 만하다. 대
학 초년생인 20세는 오전 6시 시점에 해당되고, 사회생활을 본격적
으로 하게 되는 30세라야 겨우 아침 9시에 해당되며, 은퇴 이후를
준비해야 한다고들 여기는 50세라 해도 인생시계는 고작 오후 3시
를 가리키는 까닭이다. 오후 세 시경에 오늘 하루를 뭔가 의미 있
게 만들어볼까 하여 각종 이벤트를 궁리해 보는 때가 얼마나 많은
가 생각해보면, 50세가 겨우 오후 세 시임을 알려주는 인생시계란
개념은, 눈앞의 현재에 급급해 하는 우리들에게 긴 안목으로 미래
를 바라볼 수 있게 해 준다.

　　'인생시계' 개념이 잊히지 않는 것은 그와 비슷한 생각을 줄곧

해왔기 때문이다. 교단에 설 때마다 나는, 내 강좌의 내용과 형식이 앞으로 60년을 더 살게 될 수강생들의 '길고 긴 미래'에 어떤 영향을 미칠지 의식한다. 어떻게 가르쳐야 하는지에 대해서는 나름대로 궁리하고 공부하면서 다소간 안정적인 틀을 갖추고 있지만, 무엇을 가르쳐야 하는지에 대해서는 언제나 새롭게 고심한다. 학사제도상 교양교육으로 분류되는 교과들을 운영하면서, 내가 학생들에게 주어야 하는 것 그들에게서 일깨워야 하는 것이 무엇이냐를 학기마다 강좌마다 진지하게 의식하는 것이다.

20년 넘게 교단에 서 왔으면서도 여전히 이러한 데는, 포스텍의 인문학자로서 다음과 같은 기막힌 질문들을 끊임없이 받는 것도 한 가지 이유가 된다. 항상 접하는바 '교양과목인데 왜 이리 수업 로드가 큽니까'라는 항의성(!) 질문이나, 국문학 전공이라니 소설을 쓰느냐는 애교 있는 물음, 인문학 교수도 연구를 하느냐는 무례하기 짝이 없지만 솔직한 질문 등이 그것이다.

이 기막힌 질문들이 끊임없이 제기되고 학생들에게 무엇을 가르칠 것인가 하는 나의 문제의식이 지속되는 데는 공통의 지반이 있다. 바로 '우리 사회에서 대학의 교양교육이 어떤 모습을 띠어야 하는가'라는 질문이 그것이다. 따라서 교양과 교양교육의 의미를 짚어보고 교양교육의 바람직한 실현 가능성을 함께 생각해보는 일은 언제든 새삼스러운 일이 아니게 된다.

교양은 '학습과 지식을 축적해가는 과정을 통해 인격을 형성하는 것, 개성 있는 인간이 자아를 실현해가는 과정' 혹은 '일정한 문화와 사상을 체득하고 그것을 통해 개인이 익힌 창조적 이해력과 지혜' 등으로 이해된다. 같은 맥락에서 '교양교육(liberal education)'은 도그마에 휘둘리지 않는 자유인, 사회적인 효용성에 구애받지 않고 독립된 자유로운 인격체가 되는 데 필요한 자질을 키우는 것이라 할 수 있다(서경식 외, 이목 역, 『교양, 모든 것의 시작』, 노마드북스, 2007 참조). 요컨대, '공동체의 삶에 요구되는 지혜를 갖춘 합리적이고 자율적인 개인 주체'라는 이상적인 인간상을 구현하는 것이 교양교육의 목표인 것이다.

이렇게 볼 때, 교양교육과정으로 개설되는 한두 강좌를 통해 교양을 가르치거나 교양교육의 목표를 성취할 수는 없다는 사실이 명확해진다. 이러한 취지의 교양교육은, 다양한 인문사회과학 분야의 수준 높은 강좌들을 학생들이 충분한 기간에 걸쳐 접할 수 있을 때 비로소 그 효과를 기대해 볼 수 있는 것이다. 교양교육이 함양하고자 하는 교양을 백화점 문화센터에서 행하는 교양 프로그램의 교양과 혼동하지 않는다면, 이러한 사정은 자명하다.

교양교육의 참된 의의를 이해하지 못하는 데 더하여 우리대학이 이공계 연구중심대학이라는 점을 피상적으로 앞세우면, 교양교육에 신경을 쓰는 수고로부터 도피하고자 하는 유혹에 굴복할 수도 있다. 그러나 대학이 대학인 이유가 훌륭한 인재를 키워내는 것이라는 엄정한 사실을 외면하지 않는다면 교양교육의 문제는 어느 대학도 회피할 수 없는 것이다. 21세기를 이끌 과학기술계 리더를 배출하려는 우리대학의 경우는 더욱 그러하다.

우리가 교육하는 학생들은 졸업 후 2,30년간 이공계 전문 인력으로 활동하다 말 소모품적인 존재가 아니다. 그들 앞에는 무려 60년 이상의 미래가 펼쳐져 있으며 그 기간을 그들이 어떻게 사는가가 우리 사회의 앞날을 좌우하게 된다. 따라서 큰 틀에서 볼 때 우리 교육의 목표는, 우리 학생들이 전공지식을 잘 갖춘 과학기술분야의 전문가에 그치지 않고 진정한 차세대 리더가 될 수 있도록 하는 것이어야 한다. 졸업생 개개인의 인생의 맥락에서 보자면, 그들의 삶이 랩에만 갇힌 '논문 생산 기계'의 양상을 띠고 그에 따를 경제적 보상에 도취되는 '돈 버는 기계'에 그치게 함으로써 은퇴 후 2,30년의 세월 동안 인생의 공허를 맛보게 해서는 안 되는 것이다. 포스테키안들 모두가 전국에서 선발된 우수한 인재들이므로, 이들 각자가 독립적이고 자유로운 인격을 갖춰 스스로의 삶을 풍요롭게 함과 동시에 공동체의 안녕과 발전에 기여할 수 있도록 노력하는 것은 우리가 회피할 수 없는 중차대한 의무이다.

　　이러한 의무를 이행하기 위해서는 교양교육 체제의 강화가 필수적이다. 교양교육 강화의 첫 단계는, 교양교육이 전공교육의 단순한 보조가 아니라는 점과 교양교육의 발전 방향이 이공계 교육과의 어설픈 융합에서 찾아져서는 안 된다는 점이, 대학구성원의 의식에 깊이 각인됨과 동시에 교육 시스템에 충실히 구현되는 것이다. 그럴 때에만, 전공공부에 지친 학생들의 흥미를 돋우며 인간과 사회에 대한 한두 가지 지식을 전수하거나, 이공계열과는 다른 사유방식을 접하게 함으로써 창의적 사고의 기회를 제공한다고 스스로 위안을 삼거나, 강의 주제 등에서 이공계와의 융합(?)을 시도하는 등의 교양교육의 소극적인 양상이 지양될 수 있다.

천지인(天地人) 삼재(三才)를 근간으로 하는 동양의 전통적 사유 틀을 빌려 말하자면, 자연의 자취인 천문(天文)을 연구하는 자연과학과 마찬가지로 인간의 자취인 인문(人文), 사회의 자취인 지문(地文)을 탐구하는 인문학과 사회과학 또한 그 자체의 깊이를 갖추고 교육될 수 있을 때, 교양교육의 진정한 효과를 바랄 수 있다 하겠다. 교양교육이 전공교육의 보조자 위치에서 학습자의 비위를 맞추며 수행되는 것이 아니라 '인문사회과학 본연의 깊이를 드러내며 충실히 수행'될 수 있을 때, 그러한 교육 시스템이 구현되고 그 의의가 대학구성원 모두에게 공유될 때, 전공교육과 교양교육 효과의 진정한 융합 또한 긴 미래를 살아갈 학생들 내부에서 자연스럽게 이루어질 것이다.

글로벌 리더로 나아갈 학생들에게

오늘 20××학년도 학위수여식이 열린다. 소정의 학업을 마친 모든 졸업생에게 먼저 따뜻한 축하의 마음을 전한다. 학사에서 박사까지 이들의 영광스러운 오늘을 위해 사랑과 배려로 응원해 주신 학부모님들께 깊이 감사드린다. 훌륭한 제자를 길러 사회로 내보내는 뿌듯함을, 학생들의 교육에 힘쓴 우리대학의 모든 구성원들과 함께 나누고 싶다.

졸업식을 맞이하여 한편으로는 학생들에게 건네주고 다른 한편으로는 우리 자신에게 다짐할 바를 정리해 본다.

졸업(Commencement)이 또 하나의 시작이라는 점은 모두가 아는 사실이다. 학업을 마친다고는 하지만, 현대사회의 교육이 학교에서만 이루어지는 것은 아님을 생각하면, 말 그대로의 졸업은 존재하지 않는다. 이렇게 보면 졸업식을 열어 인생의 한 단계에 매듭을

짓는 일은 그 다음 단계로 보다 잘 나아가기 위해서일 뿐이라고 할 수 있다.

대학원이나 연구소, 기업체 등을 불문하고 사회로 진출하는 우리 졸업생들이 그들의 미래를 밝게 하기 위하여 주목해야 하는 것은 무엇일까. 전문지식의 심화나 활용, 자기관리나 협업 능력 등을 포괄하는 리더십의 육성, 창의성을 발휘하여 블루오션을 찾아내는 경영 마인드의 함양 등 여러 가지가 있겠지만, 여기서는, 이 모든 것의 바탕을 이루는 바람직한 태도를 강조하고 싶다.

세상과 인간 활동에 대한 열린 자세가 그것이다. 이는 다시 두 가지로 나누어진다. 포스텍이라는 학교의 울타리를 넘어 사회 공동체와 타인을 생각하는 자세가 하나요, 자신의 전공을 살리되 진정한 의미의 융합을 지향하는 적극적인 자세가 다른 하나이다.

대학 교정에서의 몇 년 동안 대부분의 우리 학생들은 사실상 동질적인 집단 속에서 생활해 왔다. 미래의 과학기술계를 선도하고자 하는 동일한 열망을 지닌 선후배 동기들과 바로 그 길에서 모범이 되는 교수들을 보며 이공계 연구중심대학의 학생으로 살아온 것이다. 그 과정을 통해 자신의 전문분야에서 빼어난 능력을 갖추는 데는 어느 정도의 성과를 이루었지만, 전문 기능인에 그치지 않고 우리 모두가 갈망하는 존경스러운 과학자가 되기에는 부족한 점이 적지 않은 것도 엄연한 사실이다.

어떠한 과학자가 존경받는 인물이 될 것인가. 인류의 복지를 위한 과학, 지구촌 및 사회 공동체의 문제를 해결하는 데 의미 있게 기여하는 과학, 그럼으로써 이상적인 문화 발전에 기여하는 과학, 이러한 과학 활동을 수행하는 과학자야말로 미래를 이끄는 존경받는 과학자일 것이다. 이를 위한 첫걸음으로, 졸업생 각자가 자기 한 몸의 안위를 생각하기 전에 타인과 공동체를 배려하는 자세를 갖고 그를 위해 준비하기 바란다. 자신의 전문분야에 정통한 것 외에 인류와 세계의 문제에 대한 폭넓은 이해를 갖춘 'T자형 인재'가 되기 위해 각자 새로 서게 되는 자리에서 끊임없이 노력해야 할 것이다.

이상 말한 바가 너무 거창하여 일견 공허하게 들릴지도 모르나 사실은 그렇지 않다. 위에 말한 두 번째 자세 즉 전공능력을 심화 발전시키고 의미 있게 활용하는 데 있어 가져야 할 진정한 융합 지향적 자세를 갖추는 것이 그 첫걸음이 되는 까닭이다. 이공계 연구 및 교육에 있어 융합 혹은 통섭의 기치가 걸린 지는 10년이 훌쩍 지났으니, 어쩌면 우리 학생들은 학업이나 연구 양 면에서 융합을 이미 충분히 경험했다고 느낄지 모른다.

그러나 아쉽게도 우리대학을 포함하여 한국의 이공계가 그동안 보여 온 융합은 기술이나 방법론적으로 유관한 연구 분야 사이의 수렴에 가까웠지, 말 그대로 새로운 것을 만들어 낼 수 있는 창조성을 내장한 진정한 의미의 융합과는 거리가 멀었다. 연구방법론이나 사고방식 등에서 질적으로 차이를 보이는 분야들과의 융합은 아니었던 것이다. 이공학을 밀고 나아가서 인문사회과학이나 예술과 상호 교차하는 그러한 진정한 융합이 아니라, 예컨대 나노 테크놀로지를 공분모로 하는 학제간 협업 수준의 수렴을 융합으로 착각해 왔다고 할 수 있다. 인류로부터 존경받는 과학자나 그를 위한 첫걸음이라 할 'T자형 인재'가 되기 위해서는, 진정한 의미의 융합을 지향하는 열린 자세를 갖추고자 노력해야 한다. 방법은 동일하다. 인류와 세계의 문제에 대한 식견을 갖추고 그 지평에서 요구되는 과학을 하기 위해 준비하는 것이다.

졸업을 맞이하며 새로운 미래의 출발점에 선 학생들에게 이상 두 가지를 당부하는 마음이 편치는 못하다. 진정한 의미의 융합을 우리대학이 선구적으로 실현해야 하고 'T자형 인재'를 육성하는 효과적인 프로그램을 우리 자신이 선도적으로 구현했어야 했기 때문이다. 이를 위한 노력을 게을리 하지 않고 실효를 기대할 수 있도록 제도화하는 것, 이것만이 '인류가 직면한 위대한 문제에 창의적으로 도전하는 미래 글로벌 리더를 양성'하는 길이라 믿고 이에 매진하리라 다짐해 본다.

제2부
소통의 인문학

우리를 행복하게 하는 소통을 위하여

아공계 대학의 인문학자 그것도 전공이 어문학자인 경우
의사소통교육을 피해가기 쉽지 않다,는
끔찍한(!) 현실 덕분에 나는
말과 글을 주고받는 일, 인간과 세계를 해석하는 일에 대해
남과 더불어 즐길 수 있는 약간의 지식을 얻게 되었다.
또한, 지난 10년 동안 이론물리학자들과 함께 일하는 기회를 갖게 되어
과학 커뮤니케이션에 대해서도 나름의 시각을 갖게 되었다.
이상을 좀 더 널리 나눌 수 있는 즐거움의 장 또한 이렇게 얻게 되다니
모쪼록 상황에 미리 실망하지 말 일이다.

상대를 위하는 서비스 정신

의사소통의 자세와 전략

1. 쉽고도 어려운 일

우리 모두가 일상적으로 행하되 잘하기는 쉽지 않은 일들이 있다. 그 중 대표적인 것이 바로 말하고 쓰는 일이라고 할 수 있다. 대여섯 살만 되어도 말을 불편 없이 하고 초등학교에 들어갈 무렵이면 웬만큼 한글을 깨치게 되지만, 말과 글을 자유롭게 구사하는 일이 쉽지만은 않다. '잘한다'와 '자유롭게'를 결합시키면 그 어려움이 한층 커진다. 듣고 읽기에 좋은 말과 글을 자유자재로 구사하는 능력을 갖추기는 대단히 어렵다. 유감스럽게도 이 어려움은 말하기와 글쓰기에 국한되지 않는다. 남의 말을 잘 듣는 것도 생각보다는 어렵고 글자가 아니라 글을 읽는 것 또한 오랜 훈련이 필요하다.

따라서 다양한 언어 구사 능력을 제대로 갖추는 일 모두 일상적으로 행하되 잘하기는 쉽지 않다고 할 수 있다. 인간을 정의할 때 '언어의 사용'을 내세울 만큼 언어란 누구나 사용하는 것이지만, 입안의 혀 같은 모국어라 할지라도 제대로 구사하기는 어렵다. 사정이 이러하기에 초중등과정 12년에 더하여 대학에서까지 한국어 구사 능력을 가르치고 배운다. 〈글쓰기〉나 〈국어작문〉 등과 같은 교과가 그런 이유로 개설되어 있다.

그러나 그럼에도 불구하고 대학생들의 언어 구사 능력이 기대에 미치지 못하는 사실을 부정하기 어렵다. 유감스럽게도 포항공대 또한 예외가 아니다. 왜 이런 문제가 개선되지 않을까. 여기에서는 이 문제의 원인 두 가지와 의사소통을 잘하기 위해 우리가 갖춰야 할 자세를 살피고자 한다.

2. 한국어 교육이 실효를 거두지 못하는 두 가지 이유

모국어 구사 능력의 교육이 실효를 거두기 어려운 이유는 교과 구성 및 대학의 문제와 학생들 각각의 의식의 문제에서 찾을 수 있다. 포항공대의 경우뿐 아니라 일반적으로도 그러하다. 하나씩 살펴보자.

흔히들 국어 교육 하면 〈글쓰기〉 등과 같은 특정 교과를 통해서 배우는 것이라 생각하기 십상이지만, 언어 교육은 작문에 국한될 수 없다. 언어 구사 능력이란 말하기, 듣기, 읽기, 쓰기의 네 영역을 포괄하는 것이기 때문이다. 말하고 듣는 일이나 읽고 쓰는 것은 말 그대로 밀접하게 상관되어 있는 활동이다. 따라서 듣기의 메커니 즘을 고려하지 않고서는 효과적으로 말할 수 없으며 그 역도 마찬가지이다. '읽기-쓰기'의 쌍에서도 사정이 다르지 않다. 더 나아가서는 말하기와 쓰기, 듣기와 읽기 또한 연관되어 있다고 할 수 있다. 사용하는 언어가 말(음성언어)인가 글자(문자언어)인가의 차이만 있을 뿐 화용론(speech act theory)적인 상황은 근본적으로 동일한 까닭이다. 발화자는 필자와, 청자는 독자와, 기능에서뿐 아니라 수행 과정에서도 매우 많은 요소를 공유한다. 언어활동의 네 국면이 이렇게 상호적으로 관련되어 있기에, 말하기든 글쓰기든 어느 하나를 잘하기 위해서는 다른 세 가지 또한 배우고 익혀야 한다.

따라서 대학에서의 한국어 교육이 실효를 거두지 못하는 원인의 하나로 우리는 작문 교육 위주의 교과 체제 및 운영 방식을 들어야 한다. 글쓰기를 가르치는 데 더하여 말하고 듣고 읽는 능력까지 함께 훈련시켜야 하는 것인데, 대부분의 대학들이 그렇게 못 하고 있다. 상황이 이렇게 된 데에는 두 가지 이유가 있다. 첫째는 강좌의 증설과 담당 교원의 확충 등에 필요한 예산 확보가 쉽지 않다는 점이다. 재정이 넉넉지 못한 대부분의 사립대학들은 이러한 외적인 문제에서부터 가로막히게 마련이다. 보다 근본적인 둘째 이유는 한국어 교육의 필요성에 대한 대학의 의식이 아직도 미흡하다는 점에 있다. 영어 교육에 비해 한국어 교육에 투입하는 바가 비교하기 어려울 만큼 적은 경우들이 이에 해당된다. 몇몇 사립대학들을 제외하면 이러한 사정은 우리나라 대학 일반에 적용된다.

한국어 교육이 실효를 거두지 못하는 둘째 이유는 학생들의 의식 측면에서 찾을 수 있다. 한 가지 예를 들고 넘어가자. 첨삭지도 과정에서 띄어쓰기를 교정해주다 보면 '-입니다'를 띄어 쓰는 학생들이 없지 않다. 광고 문구 등에서 그렇게 잘못 쓰기도 하니 놀라운 일은 아니지만, '-입니다'는 조사 '-이다'의 활용형이니까 앞말에 붙여 써야 한다고, 이것은 기본적인 사항이니 반드시 고치라고 몇 차례 강조해도 학기가 끝날 때까지 틀린 경우가 나오곤 한다. 이런 경우엔 사실 할 말을 잃게 된다 ……

영어 단어의 철자를 틀리거나 관사를 잘못 붙이면 얼굴을 붉히며 부끄러워하면서도, 한글 맞춤법을 틀리면 그럴 수도 있다는 듯이 슬쩍 넘어가고 띄어쓰기의 경우는 너무 복잡하다며 아예 주의를 돌리지도 않는 경우가 없지 않은 것이 엄연한 현실이다. 모국어를 제대로 사용해야 한다는 의식이 이렇게 얕은 상황에서는 교과 제도를 확충하고 정비해도 교육의 실효를 기대하기 어렵다.

무언가를 개선하고자 할 때의 주요 과제 두 가지는 대체로 제도·시스템의 개선과 구성원의 의식 개혁이게 마련이다. 모두 중요하고 둘이 긴밀히 관련되어 있는 점은 분명하지만, 구성원의 의식이 개혁되지 않고서는 어떠한 제도를 마련한다고 해도 변화를 기대하기 어렵다는 점 또한 엄연한 사실이다. 이런 점에서, 한국어 교육의 실효를 높이기 위해서든 우리 모두의 한국어 구사 능력을 향상시키기 위해서든, 정작 중요한 것은 모국어로 말하고 듣고 읽고 쓰는 데 대한 의식을 바로 잡는 일이라고 하겠다.

3. 타인에 대한 배려와 수행 과정에 대한 의식

말하기와 듣기, 쓰기, 읽기에 대한 우리의 의식, 그에 임하는 우리의 자세는 어떠해야 할까. 그 기초는, 언어활동의 네 가지 국면에 해당하는 이들 활동이 바로 의사소통 행위의 구체적인 양상이라는 점을 잊지 않는 데서 마련된다. 여기서 초점은 '소통'에 놓여진다. 요컨대 남의 말을 듣는 경우뿐 아니라 말하거나 쓸 때, 심지어는 글을 읽을 때도 타인과 소통하고 있다는 점을 잊지 않을 때, 언어 구사 능력을 향상시키기 위해서 우리가 갖추어야 할 자세와 의식이 자연스럽게 명확해지는 것이다.

'타인에 대한 배려'와 '수행 과정에 대한 의식'이 그것이다. 말을 할 때에는 청자를 배려하고, 글을 쓸 때에는 독자를 고려하며, 듣고 읽을 때는 발화자 및 필자의 의도를 헤아리는 것, 이것이야말로 언어 구사 능력을 높이기 위해 우리가 갖추어야 할 기본적인 자세이다. 그리고 자신이 무엇을 하고 있는가를 잊지 않는 것이 언어활동에 요청되는 의식이다. 이 두 가지를 몸에 익히는 것만으로도 우리의 언어 구사 능력은 한층 향상된다. 이런 저런 참고서적들을 열심히 학습한다 해도 이러한 자세와 의식을 갖추지 못하면 발전을 기약하기 어렵다. 그만큼 타인에 대한 배려와 수행 과정에 대한 의식이 매우 중요하다.

청자나 독자를 의식하고 화자나 저자의 의도를 생각하는 자세란, 의사소통 행위에 있어서 '상대방'을 존중하는 태도라고 일반화할 수 있다. 비유적으로 표현하자면 '친절한 말하기·글쓰기'와 '사려 깊은 듣기·읽기'라 할 터인데 이 모두의 바탕에는 '서비스 정신'이 깔려 있다. 예를 들어, 말하는 나를 중심에 놓기보다는 듣는 상대방을 존중해 주는 것이 필요하다는 말이다. 사회적 실천으로서의 언어활동의 근본적인 목적이 소통에 있다는 점을 고려할 때, 상대방에게 이해되지 않는 발화나 작문이 아무런 의미도 가질 수 없음은 두말할 나위도 없는 사실이다. 바로 이러한 의미에서 '듣기에 좋은 말, 읽기에 좋은 글이 좋은 말과 글'이라고 할 수 있다. 오해의 여지가 없이 핵심이 잘 전달되는 말, 오독의 가능성이 없이 주제가 잘 포착되는 글이야말로 진정으로 훌륭한 말이요 글인 것이다.

언어활동에 있어서 수행 과정을 의식하라는 말은 의사소통 행위에 전략적으로 임하라는 뜻으로 풀어 말할 수 있다. 게임 이론에서 말하는 전략적인 태도 즉 절대적인 기준이 없이 저마다의 룰에 따라 움직이는 상황에서 상대방을 의식하는 것이 의사소통 행위에서도 요청된다. 자신이 놓여 있는 상황과 상대방의 정체 및 의도를 고려할 때 우리의 의사소통 행위가 목적을 달성할 가능성이 커진다. 예컨대 어떤 학생이 말을 하거나 글을 쓴다 할 때, 상대방이 교수인가 동료 학생인가 등에 맞게 그리고 음성·종이·이메일·보고서 등 매체나 형식의 종류에 적합하게 그 양상을 갖춰야 소기의 목적을 달성할 수 있게 된다.

　재차 강조하지만, 이상과 같은 자세와 전략을 갖추는 것이, 화술이나 작문 등에 관한 책 서너 권을 공부하는 것보다 훨씬 효과적이다. 다른 모든 일에서와 마찬가지로 의사소통 능력을 향상시키는 데 있어서도, 가장 중요한 것은 올바른 자세요 의식인 까닭이다.

세계를 향해 창문 열기

읽기와 해석의 의미

1. 읽기, 대상 이해의 열망

무엇이든 그 본질을 탐구하기 위해서는 그 기원에 대한 역사적인 고찰이 의미 있는 작업이 된다. '읽기'를 이해하기 위해서도 인류 최초의 읽기란 무엇이었는지 생각해 볼 필요가 있다.

동양의 경우, 우리가 알고 있는 가장 오래된 읽기 행위는 갑골(甲骨)을 대상으로 한 것이다. 기원전 13세기 경 은나라에서는 거북의 등껍질이나 짐승의 뼈에 생긴 균열을 통해 신의 뜻을 읽고자 했다. 거북점[龜卜]이라는 이러한 읽기 행위는, 농경문화를 이룬 주나라에 이르러서 시초(蓍草)라는 풀의 줄기를 사용하는 시서(蓍筮)로 이어지고 후에 대나무를 사용하는 서죽(筮竹)으로 바뀌어 『주역』의 소재가 되었다고 한다(노태준, 『주역』, 한국교육출판공사, 1986, 해설). 여기서 중요한 것은 신의 뜻을 헤아리고자 했던 '읽기의 목적과 의도'이다.

그 후 읽기 행위는 그 대상을 더욱 넓혀 천사만물과 인간까지 끌어안게 된다. 그 결과가 바로 일월성신을 읽는 천문(天文), 산천초목을 읽는 지문(地文), 인간과 그들의 세상을 읽는 인문(人文)이다. 이들 개념에서 '문(文)'의 의미는 '감추어져 있는 기본원리의 발현'이다(조동일, 『인문학문의 사명』, 서울대 출판부, 1997). 여기서, 읽기 행위의 본질이 확장되어 동양의 학문체계가 성립되었으며 그 본질은 '삼라만상의 기본원리 곧 신의 뜻'을 읽고자 함에 있었음을 알 수 있다.

서양의 경우도 마찬가지였다. 읽기의 최초의 형태는 천체를 대상으로 하여 신의 뜻을 헤아리는 것이었다. 별들은 하늘이 써놓은 문자로서 신들의 의지를 담고 있으며, 별들의 움직임이나 징후는 개인과 역사에 작용하는 신들의 계획에 의한 것으로 간주되었다. 헬레니즘시대에 성운의 징후를 가리켰던 '테마(thema)'가 오늘날 텍스트의 주제를 의미하는 말이 된 데서 알 수 있듯, 천체를 통해 신의 뜻을 읽는 것이 읽기의 근간이었다.

문자의 발명에 앞선 읽기 행위는 신체를 대상으로 하면서 신석기시대에 이미 의술을 탄생시키기도 하였는데, 이 또한 신과 밀접히 관련되어 있었다. 이집트나 메소포타미아 문명에서는 질병 자체를 신의 벌이나 신의 은총이 사라진 상태로 해석하였기에, 신의 의지를 알아낼 수 있어야만 치료할 수 있다고 믿기까지 했다(한스 요아힘 그립, 노선정 역, 『읽기와 지식의 감추어진 역사』, 이른아침, 2006). 이와 같이 천체와 인간을 대상으로 한 서양의 읽기 또한 삶을 주재하는 신의 뜻을 헤아리기 위한 것이었다.

위에서 간략히 살펴본 인류 최초의 읽기는 우리에게 읽는 행위의 본질에 대해 중요한 점을 알려준다. 그것은 읽는 행위 자체가 아니라 그 행위를 통해 얻고자 하는 바가 중요하다는 사실이다. 달리 말하자면 읽는 주체 곧 독자가 아니라 읽고자 하는 대상 즉 신의 뜻이 의미 있는 것이었다는 점이다. 이에 더하여, 읽기 행위를 추동하는 것이 '대상에 대한 참된 이해의 열정'이었음을 강조해야겠다.

2. 낭독, 타자, 진리

인류 최초의 읽기 행위가 대상의 본의를 중시하는 것이었다는 사실과 더불어, 근대 이전의 '읽기'가 '듣기'와 밀접히 관련되어 있었다는 점도 주목할 만하다.

옛날의 읽기는 기본적으로 '소리 내어 읽기' 곧 낭독이었다. 낭독이 읽기의 보편적인 방식이었던 데에는 두 가지 연유를 생각해 볼 수 있다. 첫째는 문자 해독 능력이 일반화되지 못했던 사회 상황이다. 국가의 정책이나 성경의 말씀은 관리나 사제 같은 중개자의 읽기를 통해 민중에게 전해지는 것이 일반적이었다.

이러한 상황에서 글을 전문적으로 읽어 주는 직업인까지 등장하게 된다. 조선 시대의 '전기수(傳奇叟)'가 좋은 예로, 이들은 엔터테이너로서 대단한 인기를 누렸다. 그 후예가 조선 후기의 '강독사

(講讀師)'들이다. 이들은 서울 북촌을 찾아다니며 구성진 이야기를 펼쳐 양반 부녀의 손수건을 적시는 데 따라 보수를 받았다고 한다. 일본의 경우도 유사하다. 에도[江戶] 말기에서 메이지 시대에 걸쳐 '강담사(講談師)'들의 활약이 대단하여 천황 앞에 서는 경우까지 있었다. 음유시인의 전통을 가진 서양의 경우도 다르지 않아서, 19세기에는 전 유럽에 걸쳐 작품 낭독회가 크게 유행할 정도였다.

낭독으로서의 읽기가 보편적이게 된 또 다른 이유는 보다 근본적이다. 문자에 비해 음성을 본질적인 것으로 여기는 태도 곧, 데리다가 비판적으로 지적했던바 서구 형이상학의 음성중심주의가 궁극적 원인인 것이다. 여기서 말·음성이란 자기현존적인 의식에 가까이 있는 '진리로 가는 출입구'로 여겨지며(크리스토퍼 노리스, 이종인 역, 『데리다』, 시공사, 1999), 더 나아가서는 자기 동일적 의미를 드러내는 형이상학의 언어 곧 '존재의 목소리'이자 '신의 음성'으로 이해된다.

이러한 상황에서 글을 읽는 행위는 말하는 것과 구분될 수 없는 것이어서 "침묵하고 있는 문자들, 즉 스크립타(scripta)에, 말로 표현된 단어, 즉 베르바(verba)가 될 수 있도록 목소리를, 다시 말해 혼을 불어넣어야 하는 의무감"을 수반하고 있었다(알베르토 망구엘, 정명진 역, 『독서의 역사』, 세종서적, 2000).

요컨대 전근대사회에서 낭독이 일반화된 것은, 읽기를 '듣는 행위와 관련'짓는 한편 '진리를 드러내는 행위로 생각'한 결과라 하겠다.

3. 대화로서의 읽기

개인주의가 강화되고 전문 지식의 깊이가 심화됨에 따라 이제 우리는 묵독이 보편화된 시대에 살고 있다. 문자에 앞서는 음성언어의 권위가 사라진 지 오래며, 그와 더불어서 글을 읽는 행위의 의미도 바뀌었다. 이제 문제는 도(道)나 천리(天理), 본질의 궁구가 아니라 사회구성원 상호간의 소통이 되었다.

하지만 읽기의 역사가 알려주는 중요한 의미와 그에 따른 읽기 방법까지 변화한 것은 아니다. 읽는 행위 자체가 아니라 그 행위를 통해 얻고자 하는 바가 중요하다는 사실, 읽기란 필자 및 청자와 관련된 소통구조 속에서 수행된다는 점은 여전히 중요하다. 텍스트의 내용이 신의 뜻이나 형이상학적 본질에 닿아 고정되든 아니든, 그리고 필자가 신으로 상정되든 아니든, 읽기의 의사소통 행위로서의 성격에는 변함이 없다. 결론을 당겨 말하자면, 읽기는 읽는 '나' 이외에 한편으로는 듣는 '너'를 다른 한편으로는 글을 쓴 '그'를 상정하면서 대상에 주목하는 의사소통행위인 것이다.

바로 이러한 사실에서 읽기의 자세와 방법이 자연스레 이끌어진다.

읽기에 요청되는 바람직한 자세는 무엇인가. 무엇보다도 먼저 텍스트를 존중하는 것이다. 제대로 된 읽기는 언제나, 텍스트가 펼쳐 보이는 내용 속에서 합리적인 핵심을 재구성하려고 노력할 때에만 가능해진다. 내 편의대로 읽는 것이 아니라 쓰인 대로 읽는 것,

좀 더 나아가서는 행간을 읽어 필자의 의도를 추론해 내려는 노력이 요청되는 것이다.

이러한 자세는 해석학의 기원을 이루는 성서해석학의 네 단계 해석 방식에서부터 잘 나타나 있다. 성서를 해석하는 네 단계란 축자적(literal)·알레고리적·도덕적·비의적(anagogical) 독해로 이루어진다. 예컨대 그것은, 역사적 사실의 기록물로 구약을 읽기 시작하여(축자적 독해) 예수의 행적에 대한 예표로 이해한 뒤(알레고리적 독해), 죄에 속박된 자신을 돌아보고(도덕적 독해) 궁극적으로는 인류의 운명과 신의 섭리를 깨닫는(비의적 독해) 중층적인 과정이다(F. Jameson, *The Political Unconscious*, Methuen, 1981).

현재 대학입시에서 치르는 언어영역의 독해 부문이 사실적, 추리·상상적, 비판적 독해의 셋으로 되어 있는 것도 같은 맥락에 닿아 있다. 일단 쓰인 대로 정확히 읽을 수 있어야 하고, 그 위에서 행간을 읽어 필자의 의도를 추론해야 하며, 최종적으로는 그것을 현실에 비추어 판단할 수 있어야 하는 것이다. 앞의 두 단계를 통해 텍스트의 합리적인 핵심을 정확히 파악한 뒤, 필자와 대화하듯 창조적으로 사고를 확장시켜 나아가야 한다는 것이 '세 단계 읽기'론의 참뜻이라 하겠다.

지금껏 살펴보았듯이, 읽기란 우리가 세계를 이해해 나아가는 과정이다. 읽을 수 있는 모든 대상을 텍스트로 하여 그 본질을 찾아 나서고 끝내는 서로 대화하면서 자신을 확장하는 것, 이야말로 참된 읽기의 목적이라 할 수 있다. 사정이 이러하니, 모쪼록, 세계 전체를 대상으로 하여 생각하며 읽을 일이다.

타인과 하나 되기

쓰기와 전달의 방법

1. '나'를 규정하는 글쓰기

보통 사람들에게 있어서 글을 쓰는 일은 대단한 고역이다. 자신을 의식하지 않고 인터넷에 리플을 단다거나 친구에게 짤막한 문자메시지를 남길 때 등을 제외하면, 사회활동으로서의 글쓰기는 언제나 우리를 긴장시키게 마련이다. 글쓰기를 업으로 삼은 사람들에게서도 사정이 다르지 않다. 아니 이들에게는 글쓰기야말로 일종의 천형(天刑)이라고도 할 수 있다. 글을 쓸 때마다 자신의 한계를 의식하는 일보다 더한 고문이 어디 있을까.

글쓰기가 이리 고된 것은, 명료하게 의식하든 못 하든 글을 쓰는 일의 의미를 우리가 알고 있기 때문이다. '글은 사람'이라는 본질주의적인 명언을 받아들이지 않더라도, 의사소통행위로서의 글쓰기란 우리의 주된 사회활동임을 너나없이 알고 있는 것이다.

글로 관계 맺는 주변사람들에게 우리들 각자는 항상 글로 판단되게 마련이다. 연구계획서를 잘 쓰지 못하면 연구비를 따올 수 없고, 연구 성과를 논문으로 잘 쓰지 못하면 학위 취득이나 논문 게재를 바랄 수 없다. 제안서를 잘못 쓰면 일에 착수조차 못 하고, 시험답안을 제대로 못 쓰면 좋은 학점은 날아가 버리고 만다. 그뿐인가. 메일 한 통을 성의 없이 쓰면 무례하거나 실없는 인간으로 낙인찍히기 십상이고, 연애편지를 제대로 못 쓰면 로미오나 춘향이는 꿈속의 일일 뿐이게 된다.

사정이 이러하기 때문에 '글은 사람'이라는 말은 현대에도 명언이 된다. 인격이 글에 드러난다는 뜻에서가 아니라 글로써 우리의 능력이 가늠된다는 의미에서 바로 그러하다.

2. 말과 글의 창조성

글쓰기의 실제적인 의미와 중요성도 이렇게 대단하지만, 그 본질적인 의미는 이보다 한층 더하다. 고등학교 교과서에 실려 있는 다음 시구로 생각을 열어 보자.

> 내가 그의 이름을 불러주기 전에는
> 그는 다만
> 하나의 몸짓에 지나지 않았다.

내가 그의 이름을 불러주었을 때
그는 나에게로 와서 꽃이 되었다.

—김춘수, 「꽃」, 1~2연

이 시에서 우리는 행위와 상황 변화를 하나씩 볼 수 있다. 이름을 불러주는 명명 행위와, '하나의 몸짓'에 지나지 않는 것이 '꽃'이 되어 '의미'를 갖게 되는 변화가 그것이다. 여기서 놀라운 것은 전자가 후자를 낳았다는 점이다. '꽃'이라고 불림으로써 어떤 존재가 꽃으로 되었다는 것이다.

일견 놀랍지만 곰곰이 따져보면, 이런 생각은 그리 기발하거나 낯선 것이 아니다. 『구약성경』에도 동일한 생각이 담겨 있을 만큼 이는 매우 오랜 역사를 갖고 있다. 창세기를 보면 "빛이 있으라 하시매 빛이 있었고", 빛과 어둠에 이름을 부여하여 낮과 밤이 생겼다고 되어 있다. 에덴동산의 아담도 그에게 이끌려온 창조물들에 이름을 부여한다. 이러한 명명 행위는 상대에 대한 권위, 자신의 지배적인 지위를 시사하는 것으로 해석된다(존 월튼 외, 정옥배 외역, 『IVP 성경 배경 주석─구약』, 한국기독학생회 출판부, 2001).

이 두 가지 예는 이름을 지어 부르는 것이 대상을 창조하고 의미를 구현하는 행위임을 알려준다. 여기서 한 걸음 더 나아가면 언어 자체가 '동일성'과 '정체성'을 부여하고 만들어낸다는 데 이르게 된다. 니체의 비판적 생각을 뒤집어 말하자면, '십년 전의 나'와 '현재의 나'가 같을 수 없음에도 불구하고 우리는 계속 '나'라는 혹은 '홍길동'이라는 변치 않는 주어를 사용하여 언어를 구사함으로써,

우리 자신을 동일한 주체로 만들고 정체성(identity)을 확립한다고 할 수 있다(앨런 슈리프트, 박규현 역, 『니체와 해석의 문제』, 푸른숲, 1997). 주변 세계에 대해서도 마찬가지이다. 무언가에 대한 명명 행위는, 알 수 없어서 두려운 것을 알 수 있는 것 친숙한 것으로 바꾸어 우리와 동일화하는 과정에 해당한다.

이러한 생각을 일반화해서, 명명 행위를 포함하는 언어활동이란 우리가 세상을 대상화하고 인간화하는 행위라고 정리할 수 있다. 어떠한 사상(事象)을 향하여 말을 하는 것은 그것을 하나의 대상으로 즉 주체인 나와의 관계 속에서 의미를 갖는 존재로 만들고 거기에 인간의 가치를 부여하는 행위인 것이다(호르크하이머·아도르노, 김유동 외역, 『계몽의 변증법』, 문예출판사, 1995).

위에 더하여 좀 더 구체적인 기능도 생각해 볼 수 있다. 마샬 맥루한에 의하면 의사소통의 주요 매체로서 글쓰기는 크게 두 가지의 기능을 갖는다. 사고를 논리화하고 비가시적인 기능과 관계를 가시화하는 것인데, 글쓰기의 이러한 기능에 의해 사고의 문법과 과학이 발명되었다고 하였다(마샬 맥루한, 임상원 역, 『구텐베르크 은하계』, 커뮤니케이션북스, 2001).

어떠한 대상이든 그 의미와 효과를 알고 있을 때 그 기능을 극대화할 수 있는 것처럼, 말과 글의 사용에서도 이상과 같은 점을 염두에 둘 필요가 있다. 이 위에, 우리 시대에 실질적으로 중요한 사실을 하나 더하면 충분해 보인다.

그것은 바로 말하기나 글쓰기가 주체들 상호간의 교섭을 통해서 무언가 새로운 것을 만들어내는 생성 행위라는 점이다. 현대사회에서 가장 중요한 것은, 의사소통행위가 항상 상호적이며 이러한 상관관계에서 무언가 새로운 것을 생성한다는 사실이다. 절대적인 것을 전제할 수 없는 상황에서의 의사소통이란 더 이상 권위적인 동일화의 욕망에 따르는 것일 수 없으며, 앞서 지적한 언어의 여타 기능들을 생각하면 단순한 유희일 수 없음도 명확하기 때문이다. 나의 생각을 전달하여 소통 과정 속에서 새로운 사상(事象)을 생성하는 것, 이러한 창조성이야말로 현대사회의 의사소통이 갖는 본질적인 기능이다.

3. 독자를 배려하는 '친절한' 글쓰기

글쓰기에 있어서 갖춰야 할 바람직한 자세와 우리가 써야 할 글의 구성 원리는, '전달·소통·생성'을 강조하는 바로 앞의 지적에서 자연스럽게 드러난다. 글을 쓰는 과정에서 무엇보다도 중요한 것은, 쓰는 나를 중심에 두지 않고 읽을 독자를 고려하는 자세이다. 말을 할 때 청자를 의식하듯이 글을 쓸 때도 독자를 의식해야 한다.

언뜻 보면 너무도 당연한 것 같고 우리들 모두 이미 그렇게 쓰는 것처럼 생각되기도 하지만, 유감스럽게도 사실은 거의 반대에 가깝다. 의미가 재구성되지 않는 난삽한 글을 써 두고 독자들이 멍청해서 이해하지 못한다고 불평하거나, 실제로는 엉뚱하게 써 두고 의도만을 앞세워 분통을 터뜨리는 경우를 흔히 볼 수 있다.

'글을 왜 쓰는가'라는 질문에 대해서, 무언가를 표현하기 위해서라거나, 생각이나 감정을 전달하기 위해, 생각을 정리하기 위해 등등의 답을 내놓는 사람들은 모두 이러한 잘못을 범하기 십상이다. 쓰는 자신을 앞세워 사고할 뿐, 읽는 독자를 고려해서 글쓰기 행위를 생각하지는 않기 때문이다.

글쓰기가 의사소통행위의 일환이라는 점을 잊지 않는 자리에서는 다른 답이 나오게 된다; "글을 왜 쓰는가? 읽히기 위해서 쓴다!"

읽히기 위해서 쓴다는 자세를 갖출 때, 좋은 글을 쓸 수 있는 가능성이 비약적으로 증대된다. 독자의 올바른 해독 가능성을 중시하게 되면, 그와의 관계에서 규정되는 '글을 쓰는 상황'도 잊지 않게 되고 '글의 목적' 또한 명확히 의식하여 글에 반영할 수 있게 된다. 이럴 때에야 비로소 의미 구조가 명료해서 해석하기에 좋은 글, 비유적으로 말하자면, 독자를 배려하는 서비스 정신에 입각한 글, 친절한 글이 가능해진다.

서두와 결어를 갖추는 올바른 구성 방식 또한 동일한 맥락에서 이끌어진다. 글의 서두는 시공간적으로 떨어져 있는 독자를 글의 내용으로 자연스럽게 끌어들이기 위해서 필요한 것이다. 내용의 전개 과정에서 미세한 변화가 있을 때 문단을 나누는 것은, 독자의 이해 과정에 편의를 제공하기 위해서이다. 결어 또한 마찬가지이다. 독자의 기억을 돕고 전달하고자 하는 바를 명확히 하기 위해서 전체 내용을 요약적으로 강조하는 결어를 달게 되는 것이다.

이렇게 독자를 배려하는 글쓰기를 익히게 되면, 글쓰기의 실제적인 목적을 달성할 수 있을 뿐 아니라 근본적인 의미도 저버리지 않을 수 있게 된다. 나의 글이 독자에게 이해되는 순간, 글 자체가 새로운 존재가 되면서 그로 인해 나와 타인이 하나가 되어, 우리가 포함된 세계 또한 새롭게 된다고 할 수 있다.

목표와 수단의 조화

실용적 의사소통의 성공 비법

1. 의사소통행위의 실용적인 특성

의사소통행위로서 글을 쓰거나 말을 하는 행위는 모두 실용적인 것이라 할 수 있다. 앞에서 밝혔듯이 언어를 구사하는 것이 세계에 충격을 가하고 새로운 현실을 만들어내는 것이라는 점에서도 그러하고, '의사소통' 행위 자체가 사회성을 전제하는 것이라는 자명한 사실에 비추어서도 그러하다.

'실용'의 의미를 좀 더 좁혀 보다 일상적인 맥락으로 써도 사정은 마찬가지이다. 성년의 사회구성원이 행하는 말하기, 듣기, 읽기, 쓰기의 상당 부분은 직장이나 학교 등 공적인 자리에서 행해지게 마련이다. 현대인의 준거집단이 가정 밖에서 마련된다는 점을 생각하면 더욱 그러하다. 요컨대, 일기 쓰기나 1차 집단 내의 정감적인 언어활동 등을 제외하면 대부분의 의사소통행위는 주된 사회 활동으로서 실용적인 목적과 효과를 갖는다고 할 수 있다.

이러한 실용적인 소통행위를 간단히 말하자면 공적인 글쓰기·말하기라 할 수 있다. 실용적인 글쓰기의 예로는 공문서, 보고서, 제안서, 공적인 메일이나 공고 등의 작문을 들 수 있다. 한편 업무상의 전화 통화나 응대, 자기소개나 인터뷰 등에 각종 회의와 프레젠테이션 등에서의 발언이 실용적인 말하기의 예가 되겠다.

이렇게 일상적이고 다양하며 경우에 따라 매우 빈번한 실용적인 의사소통행위에서 우리가 갖추고 지켜야 할 중요한 점은 두 가지다. 하나는 적절한 매체를 고르는 안목이고, 다른 하나는 주어진 형식을 따르는 전문화된 능력이다.

2. 적절한 매체의 선택과 활용

실용적인 의사소통행위를 효과적·성공적으로 수행하기 위해서 고려해야 할 사항 중의 하나는 매체의 선택 문제이다. 핸드아웃을 배포할 것인가 프레젠테이션을 이용할 것인가, 전화를 걸 것인가 이메일을 쓸 것인가 아니면 문자 메시지를 보낼 것인가 등을 결정하는 문제 말이다.

매체를 선택하는 일의 의미와 중요성에 대해서는 따로 설명해 둘 필요가 있다. 대단히 중요한 문제임에도 불구하고 대부분의 사람들이 그렇게 알고 행동하지는 않는 까닭이다.

특정 매체의 선택 자체가 소통되는 내용에 영향을 준다. 다소 과장된 표현이지만 '미디어 자체가 메시지'이기도 하기 때문이다(마샬 맥루한, 임상원 역, 『구텐베르크 은하세』, 커뮤니케이션북스, 2001). 기계공학적 속성으로 특징지어지는 정보사회의 새로운 매체 환경이 지식의 본성과 위상에 변화를 줌으로써 포스트모던이라는 새로운 시대가 열렸다는 지적도, 매체가 갖는 의미를 잘 알려준다(장 프랑수아 리오타르, 이현복 역, 『포스트모던적 조건』, 서광사, 1992). 곰곰이 따져 보면, 예를 들어 '책'이라는 매체가 등장하기 이전과 이후의 지식에 큰 변화가 있었으리라고 추론해 볼 수 있다. '책'이라는 매체에 담을 수 없는 지혜가 사라지거나 약화되고 거기에 담기 좋은 지식들만 살아남았으리라고 말이다.

사정이 이렇기 때문에, 상대가 누구며 주제가 무엇인가에 따라서 적절한 매체를 선택할 수 있어야 한다. 이메일의 경우 신속성 덕에 널리 이용되지만 예의를 갖춰야 하는 윗사람에게 사용하기에 적절한 매체는 아니라 하겠다. 대단히 짧은 내용만 담을 수 있기에 예의를 차릴 여지가 물리적으로 거의 없다시피 한 휴대전화 문자의 경우는 친구들 사이에서나 쓸 수 있는 매체라고 할 수 있다.

비슷한 맥락에서, 보다 효과적인 매체를 선택하는 안목을 갖추는 일도 중요하다. 예를 들면, PPT를 이용하는 프레젠테이션과 워드 출력물을 복사한 유인물(handout)이 갖는 효과 면에서의 차이를 알아두어야 한다. 요점을 부각시켜 선명한 인상을 남기는 데는 프레젠테이션이 효과적이지만, 정확하고 세밀한 논의를 펼치는 데는 유인물 앞에 나서는 것이 없다.

보다 넓게 보면, 매체를 사용할 것인지 여부부터가 선택의 대상이 된다. 의사소통의 목적과 상황을 고려하여, 전화를 걸거나 문서를 보낼 것인지 아니면 직접 만나서 이야기를 나눌 것인지를 고를 수 있다. 매체를 사용하지 않는 맞대면 방식이 갖는 효과가 따로 있는 까닭이다.

매체의 사용 여부에서부터 어떠한 매체를 선택할 것인가에 이르기까지, 매체의 선택은 의사소통행위에 있어서 큰 의미를 갖는다. 매체의 선택에서 실수하면 불필요한 오해를 사거나 전언을 충실히 표현할 수 없게 되어, 의사소통의 실제적인 목적을 달성하는 데 어려움을 겪을 수 있다. 따라서 목표와 수단을 일치시킨다는 생각으로, 자신이 수행하고자 하는 의사소통행위의 목적과 내용, 상대방과의 관계에 맞는 적절한 매체를 선택할 수 있어야 한다.

3. 체재의 존중과 간명한 형식

실용적인 의사소통행위의 목적을 효과적으로 이루기 위해서는 형식의 문제에도 주의를 기울여야 한다. 말하기든 글쓰기든 어떠한 경우가 특정한 형식을 요구하고 있다면 그에 맞추어서 언어를 구사할 수 있어야 한다.

공문서나 보고서, 논문 등의 경우처럼 확고하게 정해진 형식이 있는 경우에는 그 규범을 반드시 지켜야 한다. 자신의 체재를 내세우는 이러한 글들은, 체재를 지키지 않은 경우는 바로 그 이유만으로 애초부터 인정하지 않기도 한다. 학회들이 제시하는 논문 투고 규정이나, 관공서에서 사용하는 특정한 서식들, 기업체 각각의 문서 규정 등이 그러한 체재의 예가 된다.

이보다는 좀 더 유연하다 해도, 관습적인 규범들 또한 적지 않다. 공식적인 관계에서 자신을 소개하는 방식이라든가, 업무상 고객을 응대하는 방식, 프레젠테이션의 구성 및 진행 방법, 학회에서의 발표 방법 등 또한 어느 정도는 형식적으로 정해져 있다고 할 수 있다. 이러한 경우에도 그 규범을 제대로 지켜야 의사소통의 실제적인 목적을 이룰 여지가 그만큼 더 커지게 된다.

요컨대, 정해진 형식이 있는 경우라면 반드시 따라야 한다. 그렇지 않은 경우는, 실용적 의사소통행위의 목적을 최대한 살려줄 수 있는 자유롭고 편한 형식을 취하면 충분하다.

지금까지의 내용은 말이나 글의 체재 곧 전체적인 구성 방식에 관한 것이었다. 그러나 형식에는 좀 더 미시적인 측면도 포함된다. 표제 설정이나 문장 쓰기 등이 그것이다. 표제는 전체 텍스트의 내용 곧 주제를 환기시켜야 하며, 문장은 간단명료하게 써야 한다. 실용적인 의사소통행위가 소기의 목적을 달성할 수 있기 위해서는, 바로 이런 층위에서 효과적으로 쓸 수 있어야 한다.

공문서의 경우에는 주제를 맨 앞에 간명하게 명시하는 일이 매우 중요하다. 그 밖의 필요한 내용들은 육하원칙에 맞게 짧은 문장들로 나누어 쓰는 것이 좋다. 여러 가지 내용을 섞어 하나의 문장으로 쓰면 그 각각의 의미가 충분히 강조되지 못하게 된다. 실용적인 글 모두에 해당하는 것이지만 특히 공문서의 경우에는, 간명하게 쓰는 것이 핵심 중의 핵심이다.

같은 의미에서, 제안서나 보고서의 경우 분량이 많다면, 처음 한 장에 전체 내용을 압축해서 제시하는 것이 효과적인 방식이 된다(패트릭 라일리, 안진환 역, 『강력하고 간결한 한 장의 기획서』, 을유문화사, 2002). 실용적 의사소통의 상대편은 모두 바쁜 사람들이다. 그들의 시간을 아껴줌과 동시에 이쪽의 의도와 목적 등을 한눈에 알아볼 수 있도록 명확히 전달하게 되면, 의사소통의 목적을 달성할 가능성이 한층 높아지게 될 것이다.

주제를 앞에 제시하거나 전체 내용의 요약을 맨 앞에 붙이는 방식 등은, 의사소통의 일반적인 형식에 비추어 볼 때 낯선 것이다. 대체로 하나의 완결된 글쓰기·말하기는 서두와 결어를 처음과 끝에 배치하고 그 중간에 본 내용을 담게 마련이다. 독자의 편의와 더불어 글의 완결성을 고려하기 위해서이다.

이에 비해 보면, 주제와 요지를 앞세우는 공적인 글쓰기의 구성 방식이 얼마나 실용적인지가 자명해진다. 쥐를 잡는 것이 목적이라면 흰 고양이든 검은 고양이든 상관없다는 것처럼, 의사소통의 실제적인 목적을 달성하는 것이 의사소통의 수단인 글이나 말을 완미하게 구성하는 것보다 훨씬 더 중요하다고 보는 까닭이다. 목적만을 보고 수단을 가리지 않는 것은 문제지만, 형식주의에 갇히지 않고 목적에 충실을 기하는 유연함 또한 놓칠 수 없는 미덕이라 하겠다. 적어도 의사소통의 경우에서만큼은 특히 더 그러하다.

모두가 갖춰야 할
의사소통행위의 윤리와 예술

1. 물질문명, 정보 그리고 둔감함의 문제

물질문명이 발달해갈수록 커지는 문제는 무엇인가. 인간과 사회, 생명의 근본 문제에 대한 감각을 상실하는 것이라 할 수 있다. 인간성을 해치는 것들, 자연의 이치에 어긋나는 것들을 알아보지 못하는 둔감함이야말로 현대문명이 낳은 근본적인 문제라고 하겠다. 이러한 둔감함은 특정 사건에 있어서 매스미디어에 의해 사실상 강제로 강화되며 보다 일상적으로는 언어를 잘못 사용함으로써 알게 모르게 커지고 있다.

이라크전의 폭격 장면이나 9·11 비행기 테러 장면 등을 텔레비전을 통해 반복적으로 보다 보면, 그 과정에서 죽었을 수많은 생명과 그들을 잃은 살아남은 자들의 지극한 슬픔은 어느덧 잊어버리고, 흡사 컴퓨터 게임의 한 장면을 보는 듯한 착각에 사로잡히게도 된다. 마찬가지로 몇몇 욕설을 발어사처럼 쓰다 보면, 욕이 일상화된 사회 현상 자체를 의식할 수조차 없게 된다.

이러한 예들은 미디어의 기능을 잘 보여준다. 다루는 사건들 모두를 '정보'로 동일화함으로써 미디어는, 개별 사건 각각의 특수성을 약화시키고 그것을 느끼는 우리의 감수성을 그만큼 둔하게 만든다.

미디어의 이러한 메커니즘은 언어의 일상적인 사용 방식, 언어에 대한 우리의 의식을 잘 보여주는 우리들의 언어 구사 방식에 근거하고 있다. 무언가를 가리키고 지시하는 언어의 수단적 성격만 주목하는 자세가 그것이다. 그럼으로써 언어가 행하는 본질적인 기능 곧 대상을 규정하고 의미를 만들어내며 우리들의 사고를 특정하게 조직화하는 등의 보다 중차대한 기능은 사실상 잊히게 된다. 그 결과로, 개별적인 사건들이 자신의 개별성·특수성에 걸맞은 언어 표현을 입지 못한 채 일반적인 정보로 환원되는 것이다.

사정이 이러하기에, 인간과 사회, 생명의 근본 문제에 대한 감각 다시 말하자면 인간의 품위를 지키고 사회 공동체의 안녕을 도모하는 데 필요한 감각을 되살리는 일 또한 언어로부터 시작되어야 한다. 한편으로는 의사소통행위의 의의를 십분 이해해야 하고, 다른 한편으로는 언어의 윤리성을 강화하고 궁극적으로는 언어활동을 예술의 경지로까지 끌어올리는 일이 요청된다.

2. 윤리와 폭력, 언어활동이 나아가는 천당과 지옥

언어의 윤리성은 두 가지 의미로 쓰일 수 있다. 언어 내용이 갖는 윤리적 성격이 하나이고, 의사소통행위의 양상이야말로 사회 윤리의 척도라는 특성이 다른 하나이다. 물론 두 가지가 명확히 구별되는 것은 아니지만, 우리 사회의 삶의 질을 가늠하기 위해 언어 내용의 윤리성과 별도로 의사소통행위의 양상을 윤리적인 맥락에서 따져볼 필요가 있다.

결론을 당겨 말하자면, 언어가 존중되고 언어생활이 올바르게 이루어지는 것과 윤리적인 사회는 나란히 간다고 할 수 있다. 말을 고르지 않는 상황에서는 사회 윤리도 제대로 지켜지기 어렵다. 윤리가 약화될 때 사람들은 법에 의지하여 행동하게 되며, 법이 적용되기 어려운 틈새에서는 여러 유형의 폭력이 전면에 나설 여지가 커진다. 이렇게, 언어를 고르지 않는 사회는 무섭다. 그 속에서의 삶은 기껏해야 무료하고 의미 없으며, 나쁜 경우에는 대단히 각박하고 신산스럽기 마련이다.

충분히 풀어 말할 여유는 없지만, 이러한 상황의 근본 원인은 바로 말이 존중되지 않는 데 있다. 의사소통행위의 원칙을 지키지 않으면 서로 합의에 이르지 못하고 법과 권력이라는 비인격적인 제3자에 의존하게 된다. 그 전에 사실을 왜곡하고 편의적으로 강조하며 인신공격에 나서는 등 언어의 폭력이 기승을 부림은 두말할 나위도 없다. 요컨대 언어의 원리가 존중되지 못할 때, 물리력과 권력 나아가 폭력이 앞에 나서는 비윤리적인 사회가 한걸음 가까이 온다고 할 수 있다.

우리 사회는 어떠한가. 윤리가 실종된 이런 언어문화가 우리 사회의 실상은 아닌가 하는 걱정을 지우기 어렵다.

하루에 100통씩도 날린다는 청소년들의 휴대전화 문자들과, 인터넷을 채우고 장식하는 수많은 잡문들, 신문지상에 넘치는 무색무취의 타성적인 칼럼들, 일반인들은 알아들을 수 없는 언어로 대중의 눈앞에 사상누각을 세우는 여러 전문가들의 글들, 언제나 빤한 이야기를 서로 목청 높여 외치는 지겨운 정론들을 생각하면 우리 사회의 언어문화야말로 인간사회의 윤리를 심각하게 해치는 것이 아닌지 심히 두렵다.

이러한 현상은, 역사를 왜곡하는 뻔뻔스런 이데올로기의 언어와 민의를 무시하는 폭력적인 언어가 공공 담론을 지배하고, 별다른 의미를 갖지 못하는 언어의 쓰레기더미 속에서 지나치게 살벌한 어휘들이 시도 때도 없이 꿈틀대는 경우와 크게 다르지 않다. 헛된 말이 넘치는 현상 속에서 참된 말이 사라진 경우에 가까운 것이다. 사람들 사이의 소통을 가능케 하고 세계에 대한 이해를 넓히며 우리의 사고를 깊게 하는 언어의 진정한 기능은 한없이 위축되고, 빈껍데기 같은 말을 주고받고 진열하는 행위만 남은 까닭이다.

이상의 문제를 해결할 수 있는 근본적인 통로 또한 의사소통행위이다. 폭력에 근거한 지배체제를 없애고 등장한 근대 시민사회가 내세운 공화주의의 핵심이란, 대화를 통해 협상하고 토론에 이어지는 표결로 타협하는 의사소통 방식이라 할 수 있다. 이러한 의사소통방식이 제대로 수행될 때 정론은 정론다워지고, 공론이 공공성을 회복하며, 여론이 맹목에 빠지지 않게 되면서 언어 윤리의 향상과 더불어 사회가 투명해질 것이다.

보다 세세한 영역에서는 상대방을 존중하고 배려하는 상호주체적인 의사소통행위가 일상화될 때 우리들의 삶의 공간 전체가 보다 윤리적인 면모를 띠게 될 것이다. 앞의 글들에서 강조한바 '수행과정을 의식하면서 타인을 고려하는' 친절한 말하기·글쓰기, '전언의 합리적인 핵심을 살려서 이해하는' 적극적인 듣기·읽기가 이에 요청된다.

3. 의사소통행위의 예술과 즐거움

의사소통행위의 윤리성이 회복된 상태에서 우리가 바랄 수 있는 최상의 경지는 의사소통행위의 미학이다. 표현이 낯설 수 있겠는데, 우리의 의사소통행위 자체가 하나의 예술이 되는 그러한 상황을 의미한다.

언어활동이 예술이 된다 했지만 뭔가 거창한 것을 가리키는 것은 아니다.

어떤 행위든 능숙해지게 되면 즐거움을 가져다주게 마련이다. 이 즐거움이 반복되면 실용적인 목적을 벗고 그 자체가 목적이 되기도 한다. 그와 더불어 행위 또한 다른 무엇의 수단이 아니게 된다. 이렇게 다른 무엇의 수단으로 가치가 매겨지지 않는 행위들, 그 자체가 목적이 되는 행위들은 미적인 가치를 갖게 된다. 말 그대로 일종의 예술이 되는 것이다. 기술이 기예가 되고 무술이 무예가 되는 경우가 바로 이를 가리킨다.

이런 의미에서의 미적인 행위는 그것을 누릴 줄 아는 사람들에게 한없는 즐거움을 준다. 다른 목적을 정해둔 것이 아니기 때문에 이 즐거움은 항상적이다. 상황이나 여건에 의해 변하지 않는 것이다. 언제나 그 가치를 잃지 않는 이러한 즐거움은, 아무에게나 주어지는 재미와 구별된다.

의사소통에 있어서도 바로 이러한 경지가 있다. 의사소통으로 업을 삼되 노역이 아니라 즐거움의 원천으로 수행하는 사람들이 그러한 경지에 다다른, 의사소통의 예술가라 할 것이다. 그러한 예술가는 아니어도, 우리들 또한 말이나 글이 잘되어 유쾌함을 느껴본 적이 있을 것이다. 더 나아가서 특정한 의사소통행위로 인해 타인과의 정이나 유대가 더욱 깊어지거나 할 때, 그 순간 우리는 언어활동을 예술의 경지에서 수행한 셈이다.

말하기나 글쓰기를 예술의 경지로 끌어올리기 위해서는 대단한 노력이 필요하고 사실 모든 사람이 의사소통의 예술가일 필요도 없지만, 의사소통행위에서 즐거움을 느껴보려는 자세를 갖추는 것은 여러 모로 유익하다. 어떤 행위를 하지 않을 수 없다면 즐기며 하라는 격언에 비추어 보아도 그러하다. 언어를 떠나 살 수는 없는 이상, 언어에 매이지 않고 그것을 자유자재로 다룰 수 있는 능력을 갖추는 것이 최상이다. 의사소통의 즐거움까지 덤으로 얻게 되니 더욱 그렇다.

과학자가 의사소통능력을 갖추어야 할 여섯 가지 이유

1. 과학자의 업무와 의사소통행위

'과학 커뮤니케이션'이라는 말이 낯설지 않게 된 상황에서, 과학자도 글을 잘 쓰고 말을 잘해야 한다는 점을 따로 강조하는 것은 새삼스러운 일일 수 있다.

그러나 이공계 학생들이나 대학들이 이를 명심하지는 못하고 있는 것 같다. 글쓰기 등의 의사소통능력에 대한 학생들의 무관심과, 그것을 교정하려는 적극적인 의지를 찾기 어려운 대학교육 과정의 현실을 볼 때 이러한 생각을 지우기 어렵다. 한국어 의사소통 교육의 필요성을 의심하거나 영어 강의의 전면화에 중점을 두는 경향이 이공계 대학들에 의해 주도되고 있는 현실을 대하면 사태가 한층 명확해진다.

사정이 이러하므로, 과학도 및 과학자, 과학기술자 들 또한 의사소통능력을 제대로 갖추어야 한다는 점에 대해 몇 마디 언급하지 않을 수 없다.

연구만 잘한다고 해서 훌륭한 과학자가 될 수 없음은 자명한 사실이다. 연구논문을 제대로 쓰지 않고서는 연구 성과를 발표할 수조차 없는 까닭이다. 연구자로서의 경력이 쌓여 직급이 높아질수록 의사소통 관련 업무의 비중이 늘어난다는 점에서도 그러하다. 연구팀을 관장하는 자리에서는, 여러 가지 연구계획서와 보고서 등을 작성하거나 팀원들의 의견을 조율하는 일에 많은 시간을 투자하게 된다. 일반 직장의 과학기술자도 사정이 다르지 않다. 그들의 업무 중 1/3은 작문이나 프레젠테이션 등에 관련된 일이며, 중간관리자에서 매니저로 올라갈수록 그 비중이 40%, 50%로 증대된다(임재춘, 『한국의 이공계는 글쓰기가 두렵다』, 마이넌, 2003).

이러한 까닭에, 효과적인 의사소통능력은 이공계 과학자가 갖춰야 할 필수적인 자질이라고 할 수 있다. 일반인들이 읽을 만한 글을 쓰는 데 열정과 능력이 있어서 유명해진 경우가 아니라 해도, 다른 모든 직업인들과 마찬가지로 과학 관련 전문가들 또한 작문을 포함한 의사소통능력을 잘 갖추고자 노력해야 하는 것이다.

지금까지 언급한 과학자의 의사소통행위는 크게 두 가지로 나누어 살펴볼 수 있다. 과학자 집단 내의 그것이 하나이고, 과학자 집단 밖에 있는 사람들과의 소통이 다른 하나이다.

2. 의사소통행위로서의 과학 연구

과학자 집단 내의 커뮤니케이션 활동은 과학자들 사이의 업무 및 연구 관련 소통행위 일체를 가리키는 것으로서, 전문용어를 사용하자면, 학술적 담화공동체 내의 의사소통에 해당한다. 이는 연구 활동과 긴밀히 관련되어 있으며, 논문 작성을 전후로 하여 다시 두 가지로 나뉜다. 각종 연구논문의 작성, 발표, 유통이 하나요, 공동연구의 수행에 있어 팀원들 상호간의 소통이 다른 하나이다.

과학 글쓰기(science writing)의 핵심에 해당하는 연구논문의 집필은 세부 전공이나 각 학회 혹은 저널에서 제시하는 규정에 맞게 써야 한다. 논문의 체재를 갖추는 데서부터, 논증을 구성하고 진행해 나가는 원리, 주석과 참고문헌을 다는 방식, 용어의 사용법 등까지 정해진 대로 쓸 수 있어야 한다. 해당 분야의 전문지식을 갖춘 학자들 사이에서 통용되는 전문용어를 사용하여, 남의 생각과 자신의 주장을 명확히 나누어 간단명료하게 제시하는 것이 중요하다. 이러한 요건을 갖출 때에야 비로소 하나의 논문으로 받아들여져 읽힐 수 있게 된다.

이렇게 정해진 체재를 따라야 한다는 점은 과학 글쓰기의 사회적 성격으로 이해할 수 있다. 그러한 요건을 갖추어야 전문가 집단 곧 담화 공동체 내에서의 유통이라는 사회 현상이 가능해지는 까닭이다. 과학 글쓰기의 사회적 성격은 이중적인데, 여기에 더하여, 그러한 논문 자체가 동료들 사이의 협력과 경영의 결과라는 점을 지적할 수 있다(James Paradis & Muriel Zimmerman, *The MIT Guide to Science and Engineering Communication*, The MIT Press, 2002).

과학자 집단 내 커뮤니케이션의 둘째 영역은, 사회적 성격의 둘째 측면 즉 연구 수행 과정에서의 팀원들 상호간의 의사소통이다. 거의 모든 연구와 업무가 팀 단위로 수행되는 이공계의 특성상, 이러한 의사소통행위는 그 자체가 연구의 일부라 할 만큼 중요한 의미를 띤다. 연구를 효율적으로 진행하여 바라는 성과를 얻어내기 위해서는 연구원들이 서로 부단히 소통하여 팀워크를 높일 수 있어야 하는 것이다. DNA의 구조를 밝히는 경쟁에 있어서 왓슨과 크릭 팀이 이길 수 있었던 요인이 자유롭고도 빈번한 상호토론이었다는 사실이 좋은 예가 된다(장대익, 「생명과 과학 경쟁과 협동의 이중주」, 강신주 외, 『과학이 나를 부른다』, 사이언스북스, 2008).

3. '두 문화'의 지양과 과학 대중화

과학 커뮤니케이션의 둘째 영역은, 과학 이외 분야의 전문가나 일반인들과의 소통을 가리킨다. 이러한 소통의 필요성은, 일찍이 찰스 스노우 경이 과학과 인문학 '두 문화'의 단절이 정상적인 사회 발전에 장애가 된다고 주장한 데서부터 널리 받아들여져 왔다(C. P. Snow, *The Two Cultures*(1959), Cambridge University Press, 2000). 이 맥락의 소통은 다시 셋으로 나누어 살펴볼 수 있다.

첫째는 과학자의 연구 활동과 긴밀히 관련된 것으로서, 연구 과제의 신청 및 수행, 결과 보고 등과 관련하여 행정 관료 등의 비과학자들과 행하는 의사소통이다. 이러한 의사소통을 성공적으로 이끄는 일은 매우 중요하다. 연구의 수행 과정상 자본의 역할이 매우 중요해진 현재 상황에서는, 이러한 소통에 능숙하지 못하면 경제적인 이유로 연구의 수행 자체가 어려워질 수도 있는 까닭이다.

둘째는 과학 이외 분야 전문가들과의 의사소통이다. '과학 전쟁'으로까지 번진 1996년의 '소칼 사태' 등을 통해 과학자와 인문사회학자 상호간의 이해의 필요성이 어느 때보다 진지하게 고려되면서 (이상욱 외, 『새로운 인문주의자는 경계를 넘어라』, 고즈윈, 2005), 국내외적으로 이 분야의 의사소통이 중시되고 있다. 생명공학의 발전에 따르는 문제 등을 포괄한 과학자와 인문학자 사이의 대화가 출간되고 (도정일·최재천, 『대담』, 휴머니스트, 2005), '황우석 사태' 이후 연구윤리의 문제를 두고 분과학문의 경계를 넘는 사유가 진전된 것 등이 이에 해당된다. 앞서 언급한 '두 문화'를 지양하는 중요한 통로라는 점에서, 이러한 의사소통의 영역은 계속 확장되어야 한다.

끝으로 셋째는, '대중적 글쓰기'로 대표되는 바 일반대중과의 의사소통이다. 물론 이는 과학 대중화의 일환이어서 모든 과학자들이 맡아야 하는 일은 아니다. 그러나 과학 대중화야말로 미래의 과학 발전과 과학자의 입지, 과학 문화의 활성화에 있어서 무시할 수 없는 영역이므로, 누군가 알아서 하겠지 하는 식으로 멀리할 수 있는 것은 아니다.

과학 전문기자, 전문 번역가 등 전문적인 필자가 절실히 요청되는 것이 현실인 만큼, 이러한 전문가가 나올 수 있는 토양이 두터워져야 한다. 대중적인 글쓰기와 말하기 능력을 과학도들에게 가르치는 교육 프로그램과 과정이 개발·시행될 필요가 있는 것이다. 그럴 때, 과학 지식을 재미있게 알려주는 대중서뿐 아니라(정재승의 『과학 콘서트』, 최상일의 『소매치기도 뉴턴은 안다』 등), 본격적인 과학 학술서이면서 일반인들도 이해할 수 있도록 예를 적절히 사용하여 설명하는 역작도 나올 수 있게 될 것이다(이의 좋은 예로, 자크 모노의 『우연과 필연』을 들고 싶다).

4. 지식인 과학자의 의사소통 실천

이상 살펴본 과학 커뮤니케이션은 사회 전체, 더 나아가서는 현실과 역사를 대상으로 하는 데까지 확장될 수 있다. 첫째 영역에서는 전문가로서 둘째 영역에서는 일반인으로서 과학자가 의사소통에 임했다면, 이렇게 확장된 자리에서 과학자는 인류와 세계의 문제를 전체적으로 고민하는 지식인이 된다(사르트르, 『지식인을 위한 변명』, 한마당, 1979).

원자폭탄의 개발에 따른 세계 평화의 문제와 관련한 아인슈타인의 의사소통 실천이 역사상 대표적인 예가 되며, 호주제 존폐 문제와 관련한 법원의 요청에 응한 생물학자의 소견 발표 등이 가까운 예가 된다. 우리들 삶의 문제에 대한 과학자의 이러한 의사소통적 실천은 매우 값진 것이다. 과학자에게 요청되는 이런 소중한 역할을 좀 더 잘 끌어안을 수 있도록, 과학자이기 이전에 지식인으로서 갖춰야 할 철학, 인문학적 소양이 과학 커뮤니케이션의 주요 소스에서 빠지지 않기를 기원해 본다.

과학 커뮤니케이션을 생각한다

'과학 커뮤니케이션'이란 말은 생각과는 달리 그 의미가 쉽게 그리고 명확히 규정되지는 않는다. 화제(topic)에 주목하여 과학에 관한 커뮤니케이션을 뜻하기도 하며, 소통의 주체에 초점을 맞추어 과학자의 커뮤니케이션을 의미할 수도 있다. 이렇게 여러 용례로 쓰이지만 그 핵심은 '내용형식적인 면에서 과학적인' 커뮤니케이션이라 할 수 있다.

커뮤니케이션의 방식 중 사회적인 중요도 면에서 첫손에 꼽히는 글쓰기를 대상으로 정리해 보자. 내용과 형식 측면에서 과학적인 글쓰기란 무엇인가. 논리성과 간결성을 갖춘 글쓰기가 바로 과학 글쓰기이다.

과학 글쓰기의 논리성은, 글 전체 차원에서는 주제의 명확성을, 구성 면에서는 논지의 일관성 및 정합성을, 세부 논의에서는 근거의 타당성을 갖출 때 성취된다. 이러한 논리성과 더불어 간결성이야말로 과학 글쓰기의 특징을 이루는데, 이는 전체적인 내용에서든 하나의 문단이나 문장에서든, 반복, 부연, 수식(rhetoric)을 배제할 때 얻어진다.

논리성과 간결성은 글쓰기뿐 아니라 프레젠테이션 등의 말하기에서도 요청된다. 여기에 더하여 글을 읽거나 말을 들을 때도 논리적인 요소를 간결하게 파악하는 일이 중요하다는 점을 고려하면, 이 두 가지 속성이야말로 과학 커뮤니케이션의 본질임을 알 수 있다.

이러한 과학 커뮤니케이션 능력을 갖추는 것이 그 어느 때보다 필요하고도 중요한 시대에 우리는 살고 있다. 지난 시대의 일반인들이라면 '실험실 속의 고독한 연구자'라는 과학자상을 갖고 있었지만, 그것은 말 그대로 과거의 이미지일 뿐이다. 현대의 과학자는 사실상 과학 연구자인 동시에 경영인이자 관리자이며, 당위적으로도 그렇게 되어야 한다. 연구가 개발과 결합되고(R&D) 더 나아가 경제적인 측면이 중요요소가 되는(R&BD) 시대인 까닭이다.

우리 시대의 과학자는 『우연과 필연』이나 『과학혁명의 구조』, 『시간의 역사』 등을 쓸 생각이 없어도 탁월한 과학 커뮤니케이션 능력을 갖춰야 한다. 제안서(proposal)를 통해 과제를 유치하고, 연구팀 단위로 협력연구를 수행하여 연구 성과를 발표하는 현대 과학자 본연의 연구 활동을 수행하는 과정 자체가 커뮤니케이션의 연속이기 때문이다. 더 나아가서 타 분야 전문가와의 소통, 과학문화의 발전, 지식인으로서의 사회 참여 등을 통해 과학자의 위상을 제고하는 데 있어서도 과학 커뮤니케이션 능력이 절실히 요청된다.

　이러한 필요성에 더하여 다음 두 가지 면에서 과학 커뮤니케이션의 중요성을 확인할 수 있다. 첫째는, 소통을 통해 인정받은 것만이 사회적으로 의미를 갖는다는 원리적인 면에서 찾아진다. 연구실 컴퓨터 속에 사장된 과학적 성과가 아무 의미도 갖지 않음은 자명하다. 과학 커뮤니케이션이야말로 과학적 성취의 현실화 방안이기 때문이다.

　과학 커뮤니케이션의 중요성은 또한, 그것이야말로 현실적인 면에서 이공계 위기를 타파하고 과학을 발전시키는 궁극적인 해결책이라는 데서 찾아진다. 위기상황을 해소해 달라고 외치기만 해서는 바뀌는 게 없다. 과학 정책의 결정권자를 효과적으로 설득하고 더 나아가 과학자들 스스로 결정권자가 될 때 이공계 위기의 타파뿐 아니라 과학문화의 발전을 기대할 수 있다. 이러한 전 과정의 핵심이 바로 커뮤니케이션이라는 점을 고려하면, 과학 커뮤니케이션 능력의 습득이야말로 모든 과학기술자의 필수 요건이요 과학기술교육의 중요 사업 중 하나임이 자명해진다.

　사정이 이러하니 배우고 때로 익히는 것만으로는 충분치 않다. 효과적으로 말하고 써서 널리 통할 수 있어야 한다. 후학들이라도 전체적으로 그럴 수 있게 해야 한다.

인간의 변화, 인간의 지위에 대한 폭넓은 과학 커뮤니케이션의 필요성

아이폰의 등장으로 전 세계가 스마트폰에 열광하고 있다. 스마트폰은, 속도를 증폭시키며 꾸준히 발전해온 각종 컴퓨터 기술과 3G 이동통신기술, 사용자 인터페이스를 획기적으로 바꾼 창의적인 발상 및 디자인 파워가 결합된 것으로서, 가히 오늘날 과학기술문화의 집적체라 할 만하다. 스마트폰 덕분에 언제 어디서나 컴퓨터 사용이 가능해짐으로써 우리의 삶의 패턴에도 변화가 감지되고 있다. 각종 애플리케이션이 사람들의 관심을 끌면서 이의 개발이 새로운 시장을 열고 있으며, SNS를 통한 새로운 양상의 커뮤니케이션이 인터넷 홈페이지와 블로그를 대체할 기세로 급속히 번지고 있기도 하다.

스마트폰이 가져올 변화의 크기는 지금껏 확인된 것과는 비교

할 수 없을 만큼 어마어마하리라고 생각된다. 필자가 보기에 스마트폰은, 인터넷의 등장과 마찬가지로, 우리 시대를 과거와 구분 짓는 주요 발명품의 하나가 될 것 같다. 인터넷이 시공간적 제약을 획기적으로 무너뜨리고 전 세계에 걸친 커뮤니케이션의 장을 마련했다면, 스마트폰은 그러한 커뮤니케이션 장에의 진입을 완전히 자유롭게 함으로써 커뮤니케이션을 한층 더 활성화하고 결과적으로는 그 양상까지도 변화시키고 있다.

이러한 변화가 우리에게 미칠 영향은 무엇일까. 나는 이 질문에 대해 '스마트폰 인류'라는 새로운 종의 탄생이라고 답하고자 한다. 이러한 문답은 전혀 과장이 아니다. 지금까지 이루어져온 과학기술의 주요 산물들은 인간이 사용하는 도구의 수를 늘린 데 그치지 않고 인간 자체를 변화시켜 왔기 때문이다. 몇 가지 이론을 근거로 들 수 있다.

첫째는 현대 미디어학을 수립한 마샬 맥루한의 견해이다(마샬 맥루한, 박정규 역, 『미디어의 이해』, 커뮤니케이션북스, 1997). 그는 미디어의 발달이 초래한 인간과 세계의 변화를 표음문자, 인쇄술, 카메라, 텔레비전 등을 예로 들어 설명하고 있다. 이러한 새로운 미디어 기술들이 등장할 때마다 지각 모형에 변화가 생기고, 개인 및 사회적 삶이 거기에 적응해 가면서 혁명적인 변화가 일어났다는 것이다. 이런 의미에서 '미디어는 메시지다'라는 그의 유명한 명제는, 새로운 미디어 기술이 등장하게 되면 인간의 사고와 문화의 내용 자체가 변하게 됨을 의미하는 것으로 읽혀도 좋다.

미학 분야에서 오늘날에도 막강한 영향력을 행사하고 있는 발터 벤야민의 견해 또한 주목할 만하다. 인쇄술과 사진술, 영화의 등장이 예술의 변화와 사회상황에 미친 영향력을 분석하면서 그는 인간 감각의 역사성을 지적한 바 있다. 지각의 종류와 방식 자체가 역사적으로 변화해 왔다는 것인데, 이러한 변화에는 과학기술의 산물이 한 가지 원인으로 작용한다. 예컨대, 현대사회에서 영적인 분위기(Aura)가 쇠퇴한 것은 사물의 일회성을 극복하고 동질성을 확인하려는 태도가 극대화되었기 때문인데 이러한 태도변화는 복제 기술을 인정한 결과로 나타났다는 것이다.

저명한 문화인류학자인 에드워드 홀 또한 동일한 사정을 지적하고 있다(에드워드 홀, 최효선 역, 『숨겨진 차원』, 한길사, 2013). 그는 다른 문화에 속한 사람은 상이한 감각세계에 사는 다른 존재이며, 문화뿐 아니라 인간 자체가 과학기술의 산물에 의해 변화한다고 본다. 컴퓨터는 두뇌의 부분적인 연장물(extension)이고 전화는 음성을, 바퀴는 다리와 발을 연장시킨 것이라는 데서 알 수 있듯 과학기술의 산물은 인간의 연장물인데, 현대로 오면서 이러한 신체의 연장물을 통해 인간의 진화 곧 근본적인 변화가 이루어진다는 것이다.

이상 간략히 소개한 이론들은 모두 과학기술의 산물이 우리의 환경뿐 아니라 인간 자체까지도 변화시킨다는 점을 강조하고 있다. 따라서 스마트폰과 같은 획기적인 기술공학적 산물이 등장하면 그것이 초래할 변화의 폭과 깊이에 대해 다각도로 살펴볼 필요가 있다. 여기서 검토의 장이 과학기술이나 공학의 장에 국한되지 않음은 물론이다. 그 영향이 인간의 삶 전반에 미치는 것이므로 논의의 장과 논의 주체 또한 사회 전반에 걸쳐 구성되어야 한다. 이러한 기술적 발전이 우리들의 삶에 어떠한 변화를 이끌어올 것인지에 대해서, 사회 각 분야의 전문가들이 머리를 맞대고 깊이 논의해야 하며 그와 동시에 사회구성원 모두가 상황의 의미를 알고 소통에 참여하고자 노력해야 한다. 이러한 전문가적 논의, 사회 전체적인 소통이야말로 우리 시대에 요구되는 '넓은 의미의 과학 커뮤니케이션'의 실제적인 모습에 해당한다.

스마트폰 열풍을 두고 이러한 과학 커뮤니케이션의 장을 요구하는 것은 지나치다고 생각할 독자들이 있을 수 있다. 그런 분들을 위해, 과학기술의 발달에 따른 또 다른 이슈를 하나 더 지적해 둔다. 2010년 5월 22일자 언론에 소개된 '인공 세포' 혹은 '인공 생명체'의 탄생 소식이다. 인간 게놈 지도를 작성하고 유전체 합성에 성공한 바 있는 미국 생물학자 크레이그 벤터의 연구팀이, 인공 게놈 즉 실험실에서 만든 유전자를 세포에 이식하여 지금까지 전혀 존재한 적이 없는 합성세포를 만드는 데 성공하였다 한다. 연구팀은 이를 이용하여 공해를 제거하거나 나쁜 콜레스테롤을 먹어치우는 박테리아 등을 생산하는 가능성을 검토하고 있다 하는데, 이러한 장밋빛 전망에 가려져서는 안 될 것이 바로 이 실험의 성공이 갖는 의미이다.

이들의 실험이 확실히 성공한 것이라면 이는 곧 '인공생명체 제조'의 첫걸음에 해당하는 사건으로서, 인간이 마침내 창조주의 자리를 넘보게 되었음을 의미한다. 과학기술의 비약적인 발전이 우주에 존재하는 인간의 지위에 근본적인 변화를 불러올 정도에 이르게 된 것이다. 이러한 상황은 다음과 같은 역사상 초유의 문제를 제기한다 — 인간이 생명체를 만드는 능력을 갖게 되었을 때 우리의 세계는 어떻게 변화될 것이며 우리 자신은 또 어떤 존재가 될 것인가. 이러한 문제가 소수 전문가들만 고민하면 되는 것이라고 생각할 사람은 아마 한 명도 없을 것이다. 이 문제에 대한 결론에 따라서 우리들 모두의 삶이 결정적으로 변화하게 될 것이기 때문이다.

이 시점에서 다시, 과학기술의 발전이 끼치는 전방위적인 효과에 대한 앞서 예로 든 논자들의 견해를 고려하면, 인공 세포는 물론이고 스마트폰 또한 우리 모두가 진지하게 대면하고 깊이 있게 논의해야 할 대상이라는 점이 명확해진다. 현재 과학기술의 최종적 산물에 해당하는 이들이 갖는 기능과 그 파장이야말로 우리 자신이 앞으로 어떠한 존재가 될 것이며 어떠한 상황 속에서 살아가게 될 것인가를 결정하는 중요한 요인이기 때문이다.

이러한 검토와 논의의 장, 사회 구성원 전체가 관여하는 과학 커뮤니케이션의 장은 아직 마련되어 있지 않다. 인공 세포에 대한 논란이 과거 우리 사회를 혼란으로 몰아갔던 황우석 교수 사태나 광우병 소고기 파동 등의 전철을 다시 밟지 않게 하기 위해서는 폭넓은 과학 커뮤니케이션의 장이 조속히 마련되어야 한다. 이러한 소통의 장이 갖춰지고 활성화될 때, 바로 그때에야 비로소, 스마트폰과 같은 문명의 이기가 갖는 의미에 대한 심원한 논의 또한 생산적으로 이루어질 수 있을 것이다.

리더처럼 생각하고
앞장서서 행동하기

교육, 연구, 봉사
이 세 가지는 대학의 사명이요 그대로
교수의 권리이자 의무이다.
대학 내에서의 봉사가 의무로 여겨지기 전에
권리를 행사하며 리더십센터장으로서
대학신문의 주간교수로서 여러 해를
보냈다. 보내고 있다.
그 시간이 남긴 약간의 자취를 여러 분과 나눈다.

독불장군 넘어서기

 '독불장군'이란 말이 있다. 일반적으로 '무슨 일이든 자기 마음대로 혼자서 처리하는 사람'을 부정적으로 가리킨다. 그런데 곰곰이 뜯어보면 리더십과 관련하여 음미할 여지가 많은 말임을 알 수 있다.

 '독불장군'은 한자로 '獨不將軍'이라 쓴다. 혼자서는 장군 노릇을 할 수 없다는 뜻이다. 혼자가 아니라 병졸과 더불어 있을 때에야 비로소 장군일 수 있다는 점을 생각하면 당연한 말이다. 그런데 한걸음 더 나아가서, 장군 노릇을 하기 위해서는 그를 장군으로 인정하고 따르는 병졸을 거느릴 수 있어야 함을 의미한다는 데 생각이 미치면, 그 뜻이 단순하지만은 않음을 알게 된다. 홀로는 장군이 될 수 없다는 말은, 병졸을 통솔하고 지휘하기 이전에, 지휘하고 통솔할 병졸을 자기 주위에 둘 수 있는 능력이 장군이 갖춰야 할 첫째

덕목임을 함축하는 것이다.

　군대에 한정하지 않고 우리 주변으로 펼치면 '독불장군'의 이와 같은 뜻이야말로 리더십에 대해 매우 중요한 사실을 알려준다. 한 조직의 리더란 명령권자이고 결재권자이기 이전에, 자기 주위에 협력자들을 둘 수 있는 능력의 소유자여야 하는 것이다. 구성원의 동의와 협력을 이끌어내는 이런 능력이야말로 리더를 리더로 존재할 수 있게 하는 기본적인 요건이라는 점이 여기서도 확인된다. 동일한 맥락에서 '리더란 다른 사람의 능력을 끌어 쓸 수 있는 능력의 소유자'라는 정의가 마련된다.

　이러한 의미에서 21세기 글로벌 리더를 지향하는 모든 이들에게 건네고 싶은 말이 있다. 위에 밝힌 리더의 기본 자질 곧 주위의 협력을 이끌어낼 수 있는 능력을 키우라는 것이다. 비전 제시 능력이나 추진력보다 학창시절에 더 절실한 것은 바로 이러한 협력적 태도라 할 수 있다. 대학시절의 학업 및 제반활동이 대체로 협력활동을 통해 극대화될 수 있음을 고려하면, 협력적 태도야말로 무엇보다 중요한 리더십 자질이라고 할 수 있다.

　협력적 태도를 강조하는 데는 또 하나의 이유가 있다. 이른바 '똑똑한' 사람들이 보이는 특징이 걸리는 것이다. 이들은 스스로의 성취와 업적에 대해 자부심을 갖고 자신의 능력에 대한 믿음 위에서 무슨 일이든 하면 된다고 생각하는 경향이 있다. 이러한 태도는 진취적인 자존감으로서 매우 긍정적인 효과를 발휘한다. 하지만 이런 자신감이 지나쳐 부정적인 결과를 낳을 수도 있다는 데 문제가 있다.

'똑똑한' 사람들의 경우 다른 사람과의 협력 및 소통에 문제가 있을 때 그 원인을 자신에게서 찾지 않고 상황이나 타인에게 돌리는 경우가 적지 않다. 그리고는 동일한 상황을 반복하지 않는 방책으로 스스로 모든 일을 해치우려 들기 십상이다. 이런 태도야말로 독불장군으로 가는 지름길이라고 하지 않을 수 없다. 눈앞의 학업은 혼자 해도 괜찮은 듯이 생각될지 모르지만, 연구자의 길이든 직장인의 그것이든 사회생활이란 부단한 협력활동의 연속이므로 타인과의 협력관계를 무시하는 독불장군 식으로 행동해서는 궁극적으로 소기의 목표를 달성할 수 없게 마련이다. 목표 달성의 실패에 그치지 않고, 남들로부터 기피되어 필요한 네트워크를 갖추지 못하게 될 위험도 크다. '독불장군'에 '다른 사람에게 따돌림을 받는 외로운 사람'이란 의미도 있는 것은 이를 경계하기 위함이 아닐까.

사정이 이러하니, 미래의 리더인 젊은이들 모두 '타인을 자기 주변에 머물게 하고 그들의 협력을 끌어낼 수 있는 능력'을 갖추도록 노력하기 바란다. 그 가장 좋은 방법이 스스로 협력적 태도를 갖추는 것임을 따로 강조할 필요는 없을 듯하다.

'남자끼리 살아남기'에서 '부자관계의 달인'으로

아내가 딸애를 데리고 열흘간 집을 비운 적이 있다. 여덟 살 딸애는 비행기를 타고 여행 간다는 사실만으로도 좋아했지만, 집에 있는 중학교 2학년 아들애는 걱정이 많았단다. 나와 지내는 동안 지각은 안 할지, 밥은 어떻게 먹게 될지, 학원 다니는 게 불편하진 않을지 우려했단다. 아침에 자기보다 늦게 집을 나서고, 하루 중 대부분을 연구실에서 보내며, 가끔 하는 말이란 게 결국은 잔소리에서 멀지 않은 나와 단 둘이 지내야 하는 상황이 끔찍했던 모양이다.

아들애와 함께 지내게 되면서 내가 제일 먼저 한 일은, 세 가지 기계의 한 가지 작동법을 익힌 것이다. 세 가지 기계란 침실의 전화기와 내 핸드폰, 그리고 텔레비전이었다. 한 가지 작동법이란 무엇이겠는가? 아들애가 지각하지 않도록, 그를 깨울 수 있게, 나를 깨워줄 알람 기능, 바로 그것이었다. 오전 7시 20분 정각에 이 세 가지 기계가 갖은 소리를 내도록 조작하고, 여기에 조그만 알람시계를 곁들인 뒤, 내 머릿속의 생체시계도 그 시간에 단단히 맞춰 두었다. 이러한 4중 장치와 마음가짐 덕분에, 새벽 2~3시에 잠자리에 들면서도 아들애가 지각하는 사태를 피할 수 있었다. 아비를 바라보는 아들의 시선에 변화가 생겼다.

식습관도 바꾸었다. 소량이나마 아침밥을 먹던 것을, 아들애가 먹는 대로 우유에 콘프레이크를 타서 토마토를 곁들여 먹었다. 저녁은? 일단 아내가 해둔 반찬이 떨어질 때까지 밥을 지어 먹으며 버틴 후, 아들과 나는 저녁식사의 방법과 대상을 두고 협의하는(!) 시간을 가졌다. 한편으로는 멋진 외식과 단순한 매식, 배달음식에 인스턴트까지 다양한 방법을 열어 두고, 다른 한편으로는 저녁식사의 대상을 이른바 육해공군으로 벌여 놓고는, 때마다 어떤 조합을 택할지 의논했다. 우리의 협의는 광우병과 조류독감을 피해가지 않았으며, 말이 흐르다 보면 동물성사료, 아마존밀림에 GMO까지 이야기가 퍼져, 결국은 허기진 뱃구레를 채우기 위해 외식에서 인스턴트로 신속히 방향을 전환하기도 했다. 그렇게 낄낄대며 라면을 먹어도, 아비에 대한 아들애의 신뢰가 가미되어, 그 맛이 산해진미에 못지않았다.

등교와 식사 문제가 잘 해결되자, 함께 이야기를 나누는 즐거움도 솔솔 피어났다. 내가 하는 일, 제가 겪은 일 등에 대한 소소한 대화로 부자간의 관계가 부드러워졌다. 함께 찾아간 한밤의 영일대해수욕장, 그 물에 일렁이는 포스코의 불빛을 보면서, 주식회사가 무언지를 설명하다가 결국은 한국 근현대사 일반을 읊어주기도 하였다.

이렇게 항산(恒産)을 유지하여 항심(恒心)까지 도탑게 되자, 끝내 아들애와 나는 금기까지 넘게 되었다. 우리의 금기란 바로 공부 지도. 유치원 전후해서는 영재였는데 초등학교 고학년에 이르면 평범한 학생에 불과해지는 저 놀라운 변환을 인정하지 못하는 숱한 부모처럼, 나도 아이 가르치기를 통해 아들애와의 사이가 꽤 나빠져 있었다. 결국 아들애가 중학교에 올라오면서는 '직접 가르치지는 않는다'라는 금기를 설정했던 것이다. 바로 이 금기가, 아들애가 먼저 질문해 오고 나는 또 나대로 질문에만 답하는 선을 지키면서, 시나브로 무너져 버린 것이다!

이야말로 '남자끼리 살아남기'에서 '부자관계의 달인'으로 비약한 셈이라 하겠다. 이러한 성공의 비결(!)을 생각해 보니 다음 세 가지 정도가 된다. 첫째는 책임의식. 열흘 동안 내가 보인 변화에서 아들애가 읽은 것은 바로 제 아비의 책임의식이 아니고 무엇이랴 싶다. 둘째는 임파워먼트(empowerment, 권한 부여). 생활 전반에서 제 의견을 십분 들어준 것이 매사에 아들애의 동의와 협력을 이끌어내는 데 가장 주효했던 것 같다. 끝으로 가장 중요한 것은 소통과 신뢰. 바로 이 위에서 아들애와 나는 여전히 행복한 부자관계를 이어 나가고 있다. 이상을 새삼 깨닫게 된 아들애와의 십여 일이, 숱한 리더십교육이나 처세술보다 훨씬 더 뜻깊다 하면 망령될까.

사공이 많아야 배가 산으로도 간다
사회조직의 문화적 구조화를 위하여

몰두하는 자의 모습은 아름답다. 오랜 기간 갈고닦은 기량을 짧게 역동적으로 보여주는 올림픽 출전 선수들에서부터 정밀감이 가득한 도서관 책상에 앉아 시간을 잊고 독서에 몰두해 있는 학생에 이르기까지, 동적이든 정적이든 무슨 일엔가 빠져 있는 사람은 아름답다.

온몸과 온정신을 어떤 일에 집중할 때 그 일도 사람도 빛을 발하게 된다. 이 빛이 바로 아름다움의 근원, 아우라(Aura)라고 할 수 있다. 잡념을 제하고 자신의 일 자체를 목적으로 삼아 매진할 때, 기술은 예술이 되고 행위자는 장인(匠人) 중의 장인인 예술가가 된다. 이들의 행위는 다른 무언가의 수단이 아니라 스스로가 목적인 상태로 고양된다.

위와 같은 상황이 뿜는 아름다움, 이를 두고 미학적 가치라 할 수 있다. 기술이 기예가 되고 무술이 무예가 되는 것도 동일한 경지에서이다. 글쓰기가 의사소통의 수단에서 벗어나 그 자체로 목적이 될 때 서예라는 예술이 되는 사정 또한 마찬가지이다. 이렇게 일과 사람, 행위가 혼연일체가 되면 일의 수행과정 자체가 미학적 가치를 띠는 예술로 되어, 우리의 문화를 풍요롭게 해 준다.

문화는 사람의 옷이요 사람살이의 윤활유이다. 일차로 그것은 적나라한 생존행위를 생활로 격상시키는 과정이자 결과이며, 궁극적으로는, 차이를 인정하고 상대를 존중하게 하는 바탕이자 원리이다. 문화는 우리의 맨몸과 맹목적인 욕구를 가려주고 승화시켜 우리와 자연, 타인과의 사이에 완충지대를 만들어준다. 수렵으로부터 자유로워진 식사나 주먹다짐이 없는 경쟁 등이 이러한 완충지대의 기반이며, 인간관계의 방식 자체가 독립되어 만들어진 예의범절이 그 최상위 표면에 해당한다. 문화라는 완충지대 위에서 우리는 차이를 인정하게 되고 다양성을 존중하게 된다. 무릇 문화의 발전이란 풍요로움의 증대, 다양성의 강화를 의미하는 법이지 않은가.

이러한 문화의 의미를 돌이켜보면, 생활의 문화화야말로 오늘 우리 사회에서 절실한 과제라 하지 않을 수 없다. 주어진 목적의 의미를 묻지 않고 하나같이 매진하며 그 과정에서 수단을 가리지 않는 맹목적 경쟁의 문제를 돌아볼 때 특히 그러하다. 경쟁이 생산성을 높이고 사회의 활력을 증진시킨다는 점은 분명하지만, 승패에 따른 보상 차이가 너무 크거나 지속적이어서 패자에게 필요한 재기의 기회를 줄여 놓으면 그 폐해 또한 무시할 수 없게 된다. 경쟁에서 이긴 사람도 피해를 입긴 매한가지다. 무엇을 위한 경쟁인가조차도 잊고 일단 모든 경쟁에서 무조건 이겨야 한다는 식으로 각박해지는 상태 곧 경쟁관계에 빠져 인간성을 상실하고 반문화적으로 내몰리는 것이 문제다.

생활의 문화화는 한두 차례의 승패를 영속화함으로써 차별을 정당화하는 경쟁주의의 폐해를 치유할 수 있다. 생존의 적나라함을 순치하여 가릴 것은 가리고 상호간의 차이를 인정하게 해 주는 문화의 본질이, 삶의 안정성을 보장해 주고 경쟁에 따른 차별 체계를 극복할 수 있게 하는 까닭이다. 더 나아가서, 다양성과 풍요로움을 지향하는 생활의 문화화는 창발적인 사고를 활성화함으로써 변화하는 세계에 보다 유연하게 대처할 수 있게도 해 준다.

생활의 문화화는 사회조직의 문화적 구조화로 구현될 수 있다. 문화적으로 구조화된 사회조직이란, 조직 자체를 절대자인 양 고정시키지 않고 일과 사람을 앞세우는 것이다. 문화적 구조는 해야 할 일에 맞게 탄력적으로 그때그때 구성원을 결합하는 시스템으로서, 세부 사안에 맞추어 여러 개의 중심을 갖출 수 있다. 비유적으로 말하자면 임기가 가변적인 여러 사공을 거느리는 배라고 할 수 있다. 사공이 많으면 배가 산으로 간다 했지만, 배가 우주로도 진출해야 하는 세상에서는, 사공이 많아야 배가 산으로도 갈 수 있다고 전향적으로 생각할 필요가 있다. 이렇게 구성원 모두가 리더의 역할을 나눠 맡는 문화적 구조화가 이루어질 때, 조직의 창의성이 증진되고 비전이 활성화될 수 있으리라 생각해 본다.

선입견에 대처하기, 선입견 넘어서기

잘못인 줄 알면서도 고치기 어려운 일들이 적지 않다. 그 중의 하나가 바로 선입견이라 할 수 있다. 누군가를 처음 만났을 때 우리는 그 첫인상에 좌우되기 십상이다. 모르는 사람들이 만날 때 불과 몇 초 만에 서로의 인상이 정해진다는 말도 있지만, 첫인상으로 누군가를 판단하는 일이 잘못임은 우리 모두 잘 알고 있다. 관상쟁이가 관상을 볼 때도 상대를 찬찬히 뜯어보게 마련이지 않은가. 그럼에도 불구하고 첫인상이나 선입견으로부터 자유롭지 못한 것이 또한 엄연한 사실이다.

해서, 평가받는 입장에 서게 될 경우 우리 모두는 첫인상을 좋게 하려고 노력하게 된다. 각종 인터뷰에 응할 때, 외모에서부터 표정이나 몸가짐에 이르기까지 신경을 쓰는 일은 자연스럽다. 예로부터도 그러했다. 선비가 사람을 판단할 때 주목하는 네 가지를 일

컬어 '신언서판(身言書判)'이라 하는데, 이때의 '신(身)'이 바로 외모를 보는 것이다. 외모를 본다 했지만 '얼짱'이나 '롱다리'를 찾는 것이 아니라 몸가짐을 살펴보는 것이므로 누구라도 서운해 할 일은 없다. 둘째 항인 '언(言)' 또한 목소리의 매력을 따지는 것이 아니라 필요한 말을 조리 있게 잘하는지 언변을 보는 것이다. 이 또한 누구든지 노력해서 향상시킬 수 있다. 이상 두 가지 곧 몸가짐과 언변이야말로 첫인상을 결정짓는 중요 요소라 할 수 있으니, 상대의 선입견을 좌우할 첫인상에 신경을 쓴 것은 비단 오늘날만의 일이 아니라 하겠다(참고로 덧붙이자면, '서(書)'는 글을 보는 것이며(글씨가 아니다), '판(判)'은 판단력을 따지는 것이다).

우리가 살면서 남들로부터 평가받게 마련이라는 사실은 매우 중요하다. 나만 잘하면 되지 당장의 평판이야 그리 신경 쓸 것 없다고 생각해서는 안 된다. 나의 정체성(identity) 자체가 타인에 의해 결정되는 것이기 때문이다. 내가 누구인가 하는 질문에 대한 올바른 답은 '스스로가 생각하는 자신'이 아니라 '남들이 생각하는 나'이다. 그것이 바로 사회적 자아이다. 나 자신의 자아 규정이 아니라 타인에 의한 자아 규정이 바로 사회적 존재로서의 나의 참모습인 것이다. 따라서 내가 타인들에게 어떻게 비쳐지는지를 살피고 그 인상을 좋게 하기 위해 끊임없이 노력해야 한다. 이것이 타인과 더불어 살아가는 사회적 존재로서 우리 모두가 갖춰야 할 소통의 근본자세이다.

물론 우리가 타인들에 의해 규정되기만 하는 것은 아니다. 그래서야 남의 눈치만 보는 한심한 상황에 놓인 것일텐데, 다행히도(?)

우리 또한 타인으로서 남들을 대하며 그들의 인금을 재기 마련이다. 이렇게 상호간에 인물평을 하면서 서로 맞춰가는 것이 팀워크를 다지는 일반적인 과정이다.

남들을 평가하는 입장에 설 때 우리는 한층 더 주의를 기울여야 한다. 궁극적으로는 평가자의 자리에 책임이 따르기 때문이지만, 무엇보다도 첫인상이나 선입견에 얽매어 그릇된 평가를 하지 않아야 하기 때문이다. 이 글의 첫머리에서도 말했듯이 첫인상으로 상대를 판단하는 것은 적절한 처사가 아니다. 우리에게 관상을 보는 능력이 없어서이기도 하지만, 인상을 중시하는 것이 찰나를 고정시키는 어리석은 행동이기에 더욱 그러하다. 사람이 끊임없이 변화한다는 점은 누구나 인정하는 사실이고, 노력에 따라서 그러한 변화의 방향과 속도를 조종할 수 있다는 것 또한 우리 모두 알고 있다. 따라서 첫인상을 가지고 상대를 규정하는 일은 한순간을 보고 미래를 희생시키는 일이라 하지 않을 수 없다.

대학생과 같은 젊은이들에게는 첫인상이나 선입견에 현혹되지 않는 태도가 더욱 절실히 요청된다. 청년들의 경우, 첫인상에 코드가 맞지 않거나 이른바 스타일이 다른 사람과 일을 해야 할 때, 먼저 노력하여 팀워크를 갖추려 하는 대신에 소극적인 자세를 취하거나 아예 포기하는 경우가 없지 않다. 미래가 열려 있는 청년기의 특성에 기대어 또 다른 기회를 찾는 것이라 자위하기도 하겠지만, 이러한 태도야말로 첫인상이나 선입견에 굴복하여 자신의 미래를 좁히는 일이 된다. '받는 것 없이 좋은 사람'이니 '주는 것 없이 미운 사람'이니 하는 선입견의 말을 넘어서, 적극적 긍정적인 소통을 통해 팀워크를 살리려는 자세가 필요하다.

효율성과 팀워크를 묶는 '보편적인 전문가' 되기

톨스토이의 소설 『안나 카레니나』를 보면 주요 등장인물들이 모여 제정 러시아의 농촌 개혁 문제에 관해 토론하는 장면이 나온다. 몇 가지 방안이 제시되는 중에 핵심은 두 가지로 요약된다. 지도자가 앞장서서 일사분란하게 개혁을 추진하는 것이 필요하다는 주장과, 교육을 통해 농민들의 의식을 일깨워 그들 스스로 개혁을 수행하게 해야 한다는 의견이 그것이다.

이러한 차이는 『안나 카레니나』라는 소설 속의 문제에 그치지도 않고 농촌개혁 문제에 한정되지도 않는다. 사회적으로 이슈가 되는 모든 사안의 논의 및 실행 과정에서 거의 언제나 확인되는 문제인 까닭이다. 이를 일반화하면 다음과 같다.

지도자를 앞세우는 전자는 효율성을 높이는 방식으로 시스템을 개혁하여 일을 처리해 나간다. 반면 후자는 인간의 잠재력은 동일하다는 계몽주의사상에 입각하여 구성원들의 의식개조야말로 개혁을 성공시키는 원동력이라고 본다. 사회사업의 추진과정에서 흔히 확인되는 두 방안 곧 시스템의 구축 및 혁신과 구성원의 계몽 및 교육이 양자의 핵심에 해당된다.

이러한 입장들이 극단화되면, 전자는 개발독재국가들에서 흔히 사용되어온 상명하달식(top-down)의 전제적인 방식이 되며, 후자는 공론만 무성할 뿐 아무런 결실도 보지 못하거나 전사회적인 의식화를 통해 개성을 말살하는 결과에 이르기도 한다. 현실적으로는 양자가 적절히 혼합되어 수행되는 것이 일반적이지만, 각각의 철학이 다른 것만큼은 엄연한 사실이다. 전자가 시스템을 앞세워 효율성을 따지며 결과를 중시하는 반면 후자는 구성원의 자발성에 기대며 팀워크를 강조하고 과정을 중시하는 까닭이다.

물론 시스템의 효율성과 구성원의 팀워크 두 가지가 원래부터 대립적인 것은 아니다. 최선의 관계에서 이 둘은 사실 하나가 되어 작동한다. 팀워크가 잘 갖추어져 시너지 효과를 낼 때 효율성이 가장 높아지는 것이다.

그러나 낮은 단계에서는 그렇지 못하여, 시스템과 효율성을 강조하다보면 팀워크가 깨지기 십상이고 팀워크만 바라보다보면 시스템이 사라지고 효율성이 현격히 떨어지게 마련이다. 일을 신속하게 추진하기 위해 리더가 판단을 내리고 시스템에 기대다 보면 구성원들이 리더만 쳐다보고 시스템에 종속되게 되어 상호간의 협력에는 주의를 기울이지 않게 된다. 정반대로 구성원들의 팀워크를 중시하여 사안마다 그들 모두의 공통이해와 합의를 기다리다 보면 시일을 놓쳐서 될 일도 안 될 수가 있다.

사정이 이러하기에 어떠한 일을 하든 효율성과 팀워크를 적절히 조절하는 것이 필요하다. 리더의 측면에서 보자면, 효율성이 높아지도록 시스템을 개선함과 동시에 구성원들을 끊임없이 교육시켜 비전을 공유하는 일이 요청된다. 구성원 면에서 보자면 자신들의 업무가 효율적이 되도록 시스템이 구현되게끔 전문영역에서의 의견을 제시하는 한편 스스로 리더의 마인드를 갖추어 일 전체를 굽어볼 수 있도록 부단히 학습해야 한다.

이상을 권한의 맥락에서 다시 말하자면 적절한 임파워먼트(empowerment)가 요체라 하겠다. 리더뿐 아니라 구성원 각자가 자기 권한을 행사할 수 있도록 시스템이 구축되는 한편, 사업 전반의 맥락에서 모두가 제 일에 대해 책임을 질 수 있을 만큼 보편적인 전문가(general specialist)가 되어야 하는 것이다. 일의 목적과 진행과정 일반을 꿰뚫는 제너럴리스트이면서 자기 책임 분야에서는 누구도 따라올 수 없는 스페셜리스트가 되는 것, 이것이야말로, 효율성과 팀워크라는 가상의 대립항을 지양하기 위해 리더와 구성원 모두에게 요청되는 이상적인 사회인 상이라고 하겠다. 예비 사회인인 젊은 이들에게 요구되는 것 또한 다르지 않다.

남의 도움을 받으며 사는 법

한두 해 전이던가, 수강생 한 명이 항
의성 메일을 보내온 적이 있다. 길게 썼지만 요지는 간단했다. 조
별활동을 함께 수행하는 다른 수강생들이 자기만큼 똑똑하지 못해
서 자신이 손해를 봤다는 것이었다. 메일을 읽고 답신을 하고 지워
버리는 내내 나는 두 가지 면에서 노력했다. 그 학생의 이름을 의
식하지 않는 것이 하나요, 조별활동의 취지를 설명했음에도 이런
항의가 들어왔다는 사실에 대한 화를 누르는 것이 다른 하나였다.
이후로 조별활동의 평가 내역에서 개인 몫을 조금 늘려 잡았지만,
착잡한 심정은 어쩔 수 없었다.

지금 와서 그 일을 생각하면 화나 착잡함이 사라진 자리에 크나
큰 안타까움이 자리를 잡는다. 나 또한 대학생 때 비슷한 생각을 했
던 적이 있어 그 학생의 심정을 잘 이해할 수 있는데, 그러한 자세

를 하루 빨리 벗어나는 것이 리더가 되는 데 필수적이기 때문이다.

내가 지금 말하는 '리더'는 '넓은 의미의 리더십'을 염두에 둔 것이다. 이런저런 조직을 이끌고 대표하는 소수 리더의 리더십이 아니라, 사회조직 속에 속하는 모든 사람들이 갖추어야 하는 리더십, 사회적 존재로서 우리 모두가 갖춰야 하는 리더십이 넓은 의미의 리더십이다. 좀 더 구체적으로 말하자면, 자신의 생활을 주체적으로 영위하고 현재 하고 있는 일이나 주변사람들과의 관계를 잘 리드하며 자신이 속한 집단이 올바른 방향으로 나아가도록 하는 것 즉 자기 자신, 타인, 조직에 이르는 우리의 생활 영역 전반에 걸쳐 일이 잘되게 하는 능력이 넓은 의미의 리더십이다. 이러한 리더십은 우리 모두가 가져야 하는 필수적인 능력이며 포스테키안 모두가 잠재적으로 갖고 있는 리더십이다.

넓은 의미의 리더십을 한마디로 정의하라면 나는 서슴지 않고 '주위의 협력을 이끌어내는 능력'이라 말하고 싶다. 리더십이란 독불장군 식으로 혼자 결정하고 자력으로 일을 해치우는 능력이 아니다. 자신의 생활관리 차원에서는 그런 방식이 간혹 통할지 몰라도 타인들이 관계되는 모든 일에서는 사정이 달라진다. 관심사가 겹치는 타인이 있을 때 그들과 소통하지 않고 일을 추진하다 보면 반드시 문제가 생기게 마련이다. 타인과 이해관계가 얽히는 경우라면 더욱 그렇다. 따라서 주변사람들의 조언을 구하고 일과 관계가 있는 사람들과 끊임없이 소통하면서 일을 해야 하는데, 이러한 과정을 매끄럽게 하고 최선의 결과를 이끌어내면 리더십이 탁월하다고 할 것이다. 이런 결과를 낳는 가장 멋진 방법은 무엇인가. 주변사람들이 기꺼이 협력해 줄 때보다 더 좋은 경우가 있을까. 따라서 타인의 협력을 이끌어내는 능력이야말로 리더십의 요체라 할 수 있다.

일을 수행함에 있어서 타인의 협력을 잘 얻어내기 위해서는 몇가지 노력이 필요하다. 공동체의 구성원 입장에서 보자면, 먼저 두가지를 준비하고 다른 두 가지 방식을 실천할 수 있어야 한다.

준비사항 첫째는 비전(vision)을 수립하는 것이다. 비전이라 하면 조직의 대표에게만 요구되는 것처럼 생각될 수 있지만 그렇지 않다. 공동체 구성원으로서 각자가 갖는 꿈이 비전이다. 작게는 가정에서부터 크게는 국가사회에 이르기까지 자신이 그 속에 속해 있음을 항시 의식하면서 자신과 공동체의 발전을 위해 무엇을 할 것인가를 생각하는 것이 바로 비전을 갖는 일이다. 여기서 중요한 점은 두 가지다. 비전을 항상 의식해야 한다는 것이 하나요, 한낱 구성원이 아니라 리더의 입장에서 리더의 시선으로 생각해야 한다는 것이 다른 하나다. 리더의 입장과 시선을 취한다는 것은, 문제를 협소하게 보거나 사태를 방관하는 대신 공동체 전체를 나의 문제인 양 굽어보려고 노력한다는 뜻이다. 이럴 때 비전 실현의 가능성이 커짐은 물론이다.

위와 같은 비전 수립은 자연스럽게 자기관리에 이어진다. 자기관리는 시간 관리나 생활계획 정도로 축소될 수 없는 덕목이다. 자기관리에서 가장 중요한 점은, 삶의 의미를 생각하고 그 위에서 자기 인생의 목표와 가치관을 수립하는 것이다. 이러한 가치관에 비추어 생활계획도 짤 수 있고 미래의 커리어를 구성할 수 있으며 대인관계의 원칙도 세울 수 있다.

이와 관련하여, 일전에 어떤 강연에서 들은 일화를 전하고 싶다. 미국에 있는 한국동포 2세 세 명이 미국 외교관 시험 인터뷰를 받게 되었는데, 주어진 질문이 다음과 같았단다. '미국과 한국의 이익이 상충하는 상황이 되면 당신은 어느 나라 편을 들겠습니까?' 자 여러분이 이 상황에 처했다면 무어라고 대답할 것인가. 부모의 조국이 한국이고 자신도 한국의 피를 물려받았으되 미국 시민으로서 미국의 외교관이 되고자 하는 응시자라면 말이다. 처음 두 명은 특정 나라를 지칭하여 대답한 반면, 세 번째 응시자는 잠시 숨을 고르더니 다음처럼 답했다고 한다. '정의의 편을 들겠습니다'라고. 이 응시자가 합격했음은 물론인데, 여기서 중요한 점은, 이러한 대답은 수험서에서 배울 수 있는 것도 아니고 임기응변으로 떠올릴 수 있는 것도 아니라는 점이다. 평소 수립한 가치관, 인생관이 그렇게 되어 있을 때만 나올 수 있는 답인 까닭이다. 이렇게 올바른 가치관을 뚜렷이 세우고 그에 비추어 자신의 생활을 관리하는 것이야말로 리더십 덕목으로서 자기관리가 갖는 참된 뜻이라 하겠다.

비전과 자기관리라는 바탕을 계속 다지면서, 타인의 협력을 이끌어내는 능력으로서 폭넓은 리더십을 갖추기 위해서는 다음 두 가지를 잘 실천할 수 있어야 한다.

하나는 커뮤니케이션 능력이다. 요즘 우리 주변에서는 커뮤니케이션 능력을 한갓 작문 능력이나 스피치 능력 정도로 축소하여 생각하는 경향이 있는데, 진정한 커뮤니케이션 능력이란 그러한 기술(skill) 차원에 그치는 것이 아니다. 자신의 의견 등을 잘 내세워 타인을 설득하는 능력이라는 인식 또한 충분하지 않다. 리더십의 하위 역량으로서 커뮤니케이션 능력이란 동업자 정신을 가지고 상대편과 승승(win-win) 관계를 설정하고자 하는 소통 자세로 이해될 필요가 있다. 궁극적으로는 공동체 전체의 발전을 앞세우는 공동선의 추구와 상통하는 것이다. 따라서 소통이 잘되지 않으면 그것은 상대가 멍청하거나 완고해서가 아니라, 내가 의견을 잘 표명하지 못했거나 상대와 내가 서로 발전할 수 있는 좋은 방안을 찾지 못했기 때문이라고 생각해야 한다.

우리가 속한 공동체 전체의 궁극적인 발전을 지향하는 상호활동으로 커뮤니케이션을 이해하게 되면, 커뮤니케이션의 스킬 또한 저절로 발전된다. 이런 이해 속에서는, 구체적인 커뮤니케이션을 수행할 때, 말을 하거나 글을 쓰는 자신이 아니라 말을 듣거나 글을 읽는 상대편을 존중하게 된다. 화자, 필자가 아니라 청자, 독자 중심의 사고방식을 갖게 되는 것인데, 이런 방식만 체득해도 커뮤니케이션 스킬은 단번에 50% 이상 상승된다. 상대가 요구하는 바와 상황을 고려하여 말이나 글의 내용과 형식을 잡아나가게 되면 의사소통의 성공 가능성이 높아지는 것은 묻지 않아도 뻔한 일이다.

한 가지 전제가 있기는 하다. 이것이, 폭넓은 의미의 리더십을 갖추기 위해 우리가 실천해야 하는 또 다른 항목인데, 바로 타인의 신뢰를 획득하기 위해 솔선수범하는 일이다. 커뮤니케이션을 통해 타인의 협력을 이끌어내기 위해서 항상 주고받기(give and take)가 요청되지는 않는다. 평소에 공동체 구성원 전체를 존중하며 그들 타인의 입장에서 자기 판단을 점검하고 이를 실행함으로써 사람들의 신뢰를 얻어내었다면, 구체적인 협력을 얻고자 하는 커뮤니케이션에서 거의 대부분 성과를 얻을 수 있다. 우리의 솔선수범이 낮은 신뢰가 협력으로 돌아오는 것이니, 이것이야말로 베풂으로써 받는 방식이라 할 것이다.

이 외에도 실질적인 리더의 역할을 잘 수행하기 위해서는 다른 여러 자질들이 필요하겠지만 폭넓은 리더십을 이루는 앞의 요소들을 갖추지 않고는 어떤 리더도 될 수 없다. '아무리 큰 부자도 남의 땅 밟지 않고 살 수는 없다'라는 말이 있다. 남의 도움 없이 살 수 있는 사람은 없다는 뜻이다. 모든 분야가 뒤섞이고 급속히 변화하는 현대사회에서는 더욱 그러하다. 우리가 만나는 모든 사람들은 설령 지금은 경쟁자처럼 보여도 궁극적으로는 동업자이다. 따라서 그들의 도움이 필요할 경우를 생각지 않고 그들을 적으로 돌려세워서는 어떠한 일도 할 수 없음은 물론이요, 공동체의 발전을 기대할 수도 없고 종내에는 자신의 안녕도 기약하기 어렵게 된다.

여기까지 와서 보면 남의 도움을 잘 받는 능력은 리더십이기 이전에 현대인의 생존능력에 해당된다고 하겠다. 전체의 발전을 생각하는 비전과 자신을 닦는 올바른 가치관을 수립한 위에서 매사에 솔선수범함으로써 타인의 신뢰를 획득한다면, 아무리 어려운 상황에서도 남의 도움을 받아내는 의사소통에 성공할 수 있을 것이다.

폭넓은 의미의 리더십이란 이상에서 벗어나지 않는다고 나는 믿는다. 조별활동을 함께 하는 친구들의 역량이 부족함을 들어 항의하던 수강생의 경우는, 친구들을 도우며 공동의 목적을 성취하는 것이 동료들의 신뢰를 얻는 일이며 궁극적으로는 자신과 모두에게 큰 이득이 된다는 점을 생각지 못한 것이다. 그의 불만 표명은, 협력학습 활동의 동료가 사실은 향후 인생의 상당 기간을 함께 할 동업자라는 점을 보지 못하고 그들의 신뢰를 얻을 기회를 버린 행위이며, 자신의 불만이 조 전체에 마이너스가 된다는 점 또한 의식하지 못한 것이자, 남을 도움으로써 자신 또한 배우는 것이 있다는 작은 사실조차도 망각한 어리석은 처사라 할 수 있다.

사정이 위와 같아 내 안타까움이 크지 않을 수 없었고, 안타까움이 컸던 만큼 이 글이 교설적으로 흐르게 되었다. 모쪼록, 주위 여러 분들의 크나큰 도움에 힘입어 리더십센터장 역할을 3년간 수행한 시점의 소회로 너그럽게 봐 주시길 빌 뿐이다.

청년 포스텍의 미래를 위하여

지난 4월 10일, 개교 20주년 기념행사의 하나로 '포스텍 비전 선포식'이 있었다. 국내외의 귀빈들을 모시고 학생 및 교수, 직원 들이 강당을 가득 메워 포스텍의 성년을 축하하고 앞날의 발전을 기원하였다. 봄을 아쉽게 만드는 비까지도 싱그러운 미래를 알리는 자연의 선물로 느낄 수 있게 하는 자리였다.

이번 행사의 가장 큰 의의는 교정 바깥 분들의 축하 및 격려와 교내 구성원들의 다짐이 화답하는 아름다운 모습이 펼쳐졌다는 데서 찾을 수 있다. 우중에 천 리 길을 멀다 않고 참석한 분들을 포함하여 영상 메시지를 통해서나마 우리에게 다가온 여러분들이, 포스텍의 스무 돌 생일을 축하하고 앞날에 대한 기대와 격려를 아끼지 않은 데 대해 깊은 감사를 드린다. 이에 화답하여 우리는 '비전 2020'을 통해 성년의 길에 나서는 우리의 포부를 밝히는 한편, 교수

학생 직원 연구원을 망라하는 포스텍 구성원 전체의 '윤리헌장'을 선포하고, 그동안 지속해온 봉사활동을 체계화하여 '포스텍 봉사단'을 창단하였다.

사회 각계각층의 따뜻한 축하와 격려를 받으며 포스텍 구성원 모두가 한마음 한뜻이 되어 스무 돌 생일을 자축한 것은 뿌듯하고도 자랑스러운 일이다. 이날 확인된 주변의 관심은 국내 최초의 연구중심대학으로 출발하여 20년이라는 짧은 시간 안에 포스텍의 위상을 굳건히 세운 우리 모두의 땀과 노력에 대한 정당한 보상이요 그에 자연스럽게 따르는 기대이며, 학교의 발전을 위해 애써온 포스텍 구성원 모두가 이러한 축하와 격려, 기대를 기쁘게 받아도 좋을 만큼 각자 자신의 자리에서 최선을 다해 온 데 대한 보상이다. 개교 20주년을 맞이하는 시점에서 무엇보다도 이 점을 강조하고 싶다. 우리 포스텍을 2020년에 세계 20위권에 드는 대학으로 발전시킬 주역 또한 바로 우리 포스텍 구성원 모두인 까닭에 더욱 그러하다. '포항공과대학교 윤리 헌장'의 선포와 '포스텍 봉사단'의 창단이 갖는 의의 또한 이런 면에서 찾아진다. 이는, 지금껏 쌓아온 성과를 계승 발전시켜 나아가기 위한 우리들 스스로의 다짐이요 결의이다. 교수, 학생, 직원이 삼위일체가 되어 이러한 다짐을 주고받는 모습은 지난 20년간 한국 대학이 겪어온 역정을 생각할 때 쉽게 찾을 수 있는 것이 아니라는 점에서, 우리의 이 잔치가 갖는 소중함이 더욱 도드라진다.

생각해보면, 교육이란 인류의 사업 중 가장 기초적이면서도 가장 인간적인 일이라고 할 수 있다. 교육은 필사의 존재인 인간 개체의 한계를 넘어 인류 공동체를 재생산하는 일이다. 개개인의 수명의 한계를 넘어 인류 문명을 영속, 발전시키는 일인 것이다. 교육을 두고 '백년지대계'라 함은 이런 면에서 볼 때 백 번 지당한 말이라할 수 있다. 우리의 '비전 2020' 또한, 같은 의미에서, 단지 14년 뒤를 바라보는 안목으로 이루어진 것은 아니라고 믿는다. 오늘 우리가 밟기로 한 길에 따라 포스텍의 50년 뒤, 100년 뒤의 모습이 달라질 것이기 때문이다.

이러한 점을 고려할 때, '비전 2020'의 구체적인 내용과 관련하여 약간의 우려가 생기는 것을 부정하기 어렵다. '비전 2020'이 내세우는 목표는 '창의성, 진취성, 글로벌 리더십을 갖춘 과학기술 인재의 양성'과 '학문적, 산업적으로 임팩트가 큰 연구결과의 지속적 창출' 두 가지이다. 훌륭한 인재의 양성은 포스텍의 설립 이념에 직접닿아 있는 것이고 교육기관으로서 모든 대학이 지향해야 할 이상인만큼 아무리 강조해도 지나치지 않다. 이와는 달리, 연구 영역의 목표에서 학문적 성과와 더불어 '산업적으로 임팩트가 큰 결과'에 강조점을 두는 것은 '선택과 집중'이라는 발전 전략과 관련지어 볼 때문제가 없다고 하기 어렵다. 목표 자체가 어떻다는 것이 아니라, 그것이 강조되면서 그와 상보적으로 주목되어야 할 다른 요소가 소외될까 저어되기 때문이다. '선택과 집중'이 '차등'으로 넘어갈 위험은없는지 부단히 유의할 일이다. 바로 이러한 점을 경계하기 위해, 우리의 발전 전략을 보충하고 교정할 교육철학이 좀 더 강화될 필요가 있다.

　세계 일류 수준의 연구중심대학이라는 우리의 비전을 달성하는 데 있어서 요청되는 철학의 기초는, '세계 일류 수준'을 가늠할 궁극적인 평가 대상이 '연구 중심'이 아니라 그 바탕에 있는 '대학'이어야 한다는 점을 명심하는 것이다. 일류의 연구 성과 자체를 목적으로 한다면 그 기관이 대학이어야 할 필연적인 이유는 없다고도 할 수 있다. 기업과 연구소들도 동일한 목적에 매진하고 있다. 신자유주의의 물결이 거센 시대에 대학이 경쟁 논리로부터 자유로울 수 없음은 주지의 사실이지만, 사정이 그렇다고 해서 대학이 기업으로 변신하거나 연구소로 축소될 수 없음 또한 엄연한 사실이다. 요컨대 교육과 연구 전반에 있어서 대학 본연의 사명을 충실히 이행하면서 균형 잡힌 발전을 통해 일류의 반열에 오르는 것이 필요하다고 할 수 있다.

　이렇게 본말을 잊지 않음으로써 포스텍 구성원 모두가 한층 더 힘을 내어 열성적으로 노력할 기반이 더욱 튼튼해질 때, 비전 2020을 넘어 50년 뒤, 더 나아가 100년 뒤의 찬란한 미래를 꿈꿀 수 있을 것이다.

무엇으로 어떻게 대학을
대표할 것인가

예년과 마찬가지로 근래 국내외의 몇몇 기관에서 대학평가 결과를 발표하였다. 일부 평가는 우리의 자부심을 만족시켜 주기도 했지만 어떤 다른 평가는 우리대학의 위기를 보여주는 것이 아닌가 하여 작은 논란을 일으키기도 했다. 사정이 이러하니, '순위'로 나타나는 각 평가기관의 결론적인 평가보다는 세부 평가항목에 주목해야 한다는 지적도 있다. 예를 들어 연구논문의 우수성이나 교육환경의 질 등에 주목하여 우리를 돌아보면 됐지, 종합적인 순위에 연연할 것은 아니라는 식이다.

그런데 사실 이러한 모든 반응들은 평가기관이 어디가 됐든 그 평가 결과들에 민감하게 반응하는 것이어서 다음과 같은 문제를 갖는다. 우리대학이 대학으로서 행해야 할 임무의 수행 정도를 가늠하는 데 있어서 주체적인 태도를 견지하지 못하고 그러한 외부 평가에 의존한다는 사실이다. 이러한 의존성에 대한 지적이 새로운 것은 아니지만, 이 지적 뒤에 우리가 보여 왔던 반응이 언제나 한결같았다는 사실에 의존성 문제의 핵심이 있다는 점은 잘 인식되지 않아 왔다.

우리대학에 대한 평가 결과들에 대한 우리의 태도는 어떠했는가. 그동안 우리들은, 만족스러운 결과가 나오면 당연하다는 듯이 자부심을 느끼며 대학 홍보에 이용해 온 반면, 불만족스러운 결과가 주어지면 그러한 평가를 내린 기관의 평가기준의 문제를 지적하며 스스로를 위로해 왔다. 서로 상반되기까지 하는 이러한 반응들은 사실 평가 결과에 대해 민감하게 반응하며 그에 의존하는 것이라는 점에서 동질적이라 할 수 있다. 특히 불만족스러운 결과를 앞에 두고서는, 그러한 평가 시스템이 얼마나 유효적절한 것인지, 그 신뢰성이 얼마나 되는지, 그러한 평가가 과연 대학의 발전에 도움이 되는지 등에 대한 갑론을박 수준의 생각을 조금 나누다 그만두어 왔는데, 이것이 대학평가에 대한 우리대학의 의존적 태도 문제의 핵심이다.

이러한 문제를 우리가 얼마나 제대로 의식하고, 각종 대학평가들에 대해 대학답게 대처해 왔는지 진지하게 자문해 볼 필요가 있다. 근래 불거진바 대학평가관리위원회의 활동과 관련한 잡음은, 이 문제에 대한 우리대학의 정확한 태도가 무엇인지 알 수 없다는 사실을 확인시켜 주었다. 이러한 평가들이 대학의 국내외적 이미

지에 영향을 주고 입시와 관련해서도 의미 있는 지표가 된다는 부정할 수 없는 사실을 의식하면, 대학평가에 대한 우리대학의 태도를 전체 교수들의 중지를 모아 가면서 확실히 할 필요가 있다. 그 과정에서 대학평가관리위원회의 위상과 역할은 물론이요 존치 문제도 결정할 수 있을 것이다. 물론, 각종 대학평가들에 대해 어떻게 대처할 것인가의 문제는 이 작은 조직의 존폐나 활동 방향을 결정짓기 위한 것이 아니다. 우리대학이 앞서 지적한 의존성을 떨쳐버리고 우리 자신을 어떻게 대표할 것인지를 일류의 대학답게 결정하는 중차대한 문제인 까닭이다.

무엇으로 어떻게 우리대학을 대표하게 할 것인가, 이것이 우리의 문제이다. 이와 관련된 향후 논의가 활성화되고 실효성을 갖추는 데 작은 발판으로 기능하기를 바라면서, 대학의 세 가지 사명인 교육과 연구, 봉사에 있어 우리대학의 현재 성과를 측정할 때 각각을 가장 잘 나타낼 수 있는 대푯값이 무엇이어야 할지의 문제를 제기해 본다.

주지하는 대로 대푯값은 크게 평균값(mean)과 최빈값(mode), 중앙값(median)의 세 가지로 잡아 볼 수 있다. 통계집단의 변량을 크기대로 늘어놓았을 때 가운데 오는 것이 중앙값이며, 가장 여러 번 나타나는 값이 최빈값 또는 최빈수이고, 집단의 모든 데이터를 더하여 총 개수로 나눈 것이 평균값 정확히는 산술평균이다. 통계집단의 특성이나 조사의 목적에 따라 이들 중 어떤 것이 더 적절한지는 객관적으로 판단할 수 있으며 경우에 따라서는 표준편차도 함께 고려해야 한다는 것도 널리 알려져 있다. 여기에 더하여 이러한 대푯값이 가지는 문제 또한 충분히 고려해야 하는데, 대부분의 경우, 도수분포상의 양 극단 즉 변이계수를 키우는 사례들의 존재 및 상대적 일탈도를 간과하게 하기 쉬운 까닭이다.

이러한 특성을 의식하면서, 교육과 연구, 봉사의 현황을 측정하고 각 부문의 발전전략을 수립하는 데 있어서 이 대푯값들 중에서 어떤 것이 가장 적절한지를 합리적으로 논의하고 그 결과를 확고한 정책으로 수립해야 한다. 우리대학의 건학이념을 구현하고 각 부문의 수월성을 성취하기 위해서는 세부적으로 적절한 판단들을 도출해야 하기에, 이 작업은 생각만큼 쉽지도 간단하지도 않은 일이다. 예를 들어 강의의 성과를 학생들의 만족도 면에서 측정하는 강의평가의 결과를 현재처럼 평균값으로 보는 것이 적절한지 아니면 최빈값으로 보아야 할지 등을 논의해야 하며, 세계적인 연구 성과를 이끌어 내는 데 가장 적합한 연구역량 평가방식을 수립하기 위해서는 평균값으로부터 멀리 떨어져 있는 큰 변량을 주목하는 효과적인 대푯값 설정 방식을 찾아내야 한다.

이를 통해 현황 평가와 발전전략 수립에 있어서 가능한 한 합리적인 결정이 이루어질 때, '백년지대계'라는 말에 어느 정도는 걸맞은 교육정책 즉 조령모개식으로 변하지는 않는 일관성 있는 방침을 세울 수 있다. 이 위에서야 비로소 외부의 대학평가에 흔들리지 않고 주체적으로 우리의 길을 걸어가면서 의미 있는 성과를 이룰 수 있을 것이다. 수학적 대푯값을 꼭 쓰자는 것이 아니라 의사결정에 있어서 합리성을 갖추어 그 결과에 지속성을 부여하는 일이 필요하다는 데, 이 제언의 취지가 있음을 덧붙여 둔다.

일류 대학교육의 현주소

　　　　　　　　대학의 사명은 대체로 교육, 연구, 봉사의 셋으로 말해진다. 우리대학의 설립이념에도 이 세 가지가 명확히 천명되어 있다. 우리대학이 이공계 연구중심대학으로 자리잡고 있지만 '연구 중심'이라고 해서 세 가지 사명 중에 연구가 으뜸이라고 할 수 있는 것은 아니다. 연구가 주가 되고 교육이나 봉사가 종이 되어서도 곤란하다. 연구를 앞세우고자 한다면, 정부나 기업 등이 세운 수많은 연구기관들과 비교해서 대학이 대학인 이유를 찾을 수 없기 때문이다. 이런 점에서 볼 때, 지난 몇 년 간 우리대학이 교육의 중요성을 계속 강조해 오고 있는 것은 매우 바람직한 일이라 하겠다.

　　교육 효과를 높이기 위해서 우리대학은 부단히 교육과정을 연구해 왔다. 그 결과로 2011년부터 새로 마련된 교과과정을 시행 중이며 현재도 관련 검토를 계속하고 있다. 그와 더불어서 새롭게 시행된 실천교양교육과정(ABC)을 통해 교과 외 교육 프로그램도 활성화하고 있다. 기본적으로 우리대학은 교수 대 학생 비율을 좋게 유지하고, 학생에 대한 투자 또한 타의 추종을 불허하는 등 교육 인프라 측면에서 독보적인 지위를 지키고 있다. RC(Residential College 기숙대학)를 통해 생활교육을 실천하고 있는 것도 우리대학 교육의 자랑거리라 할 만하다.

물론 개선의 여지가 없는 것은 아니다. RC가 보다 실질적인 교육효과를 거둘 수 있으려면 마스터교수의 기여도가 좀 더 커져야 하는데 이를 이루기가 쉽지 않다. 실천교양교육과정의 경우 개설 프로그램이 부족한 상황이 벌어지고 있어서 시급한 대처가 요구된다. 교수 대 학생 비율이 낮고 〈신입생세미나〉 프로그램이 시행되고 있지만, 학생들이 교수를 멘토(Mentor)이자 롤 모델(Role Model)로 삼아 바람직한 대학생활을 꾸리는 데 어느 정도의 도움을 받는지는 시간을 두고 확인해 볼 필요가 있다. 더욱 중요하게는, 우리 학생들이 전문가적 능력과 더불어 미래의 과학기술계 리더로서 갖추어야 할 소양을 함양할 수 있도록 교양교육의 위상을 명확히 하고 교육효과를 극대화해야 할텐데 이와 관련한 교육정책이 안정성을 잃는 문제도 지적된다. 이상의 문제들이 좀 더 신속히 그리고 안정적으로 해결될 수 있도록 교육 활동에 대한 평가와 보상을 강화하는 제도 마련을 고려해 볼 필요가 있다.

개선의 여지가 있다 해도 우리대학의 교육이 수월성을 갖추고 있음은 의문의 여지가 없지만, 정작 문제는 다른 데 있다. 이상 언급한 교육의 수월성이 사실은 학부교육에 국한되어 있다는 것이 문제이다. 대학원교육의 경우에도 우리가 수월성을 자랑할 수 있는지 진지하게 자문해볼 필요가 있다. 이러한 반성을 요청하는 근거는 여러 가지가 있다. 학부 졸업생들의 우리대학원 진학률이나 대학원 입학생들의 국내외 출신 대학 분포 등을 보면, 우리대학이 대학원 교육에서도 확고부동한 국내 정상을 유지하고 있는지, 국제적으로 탑 레벨의 경쟁력을 갖추고 있는지에 대한 답이 명확해진다.

사실 이는 우리대학만이 아니라 한국의 모든 대학이 안고 있는 문제이다. 우리나라의 내로라하는 대학들이 모두 안고 있되 어느 대학도 진지하게 반성하거나 고민하지조차 않기에 더욱 심각한 문제라 할 수 있다. 이 문제의 소재와 양상은, 연구와 교육 등에서 국내 대학평가 랭킹 상위권에 있다고 하는 대학들 대부분이 학부생을 졸업시켜 국외 유학생으로 만들고 있는 현실에서 확인된다. 이러한 현실은 우리나라의 대학들이 대학원 교육면에서 외국 대학들에 턱없이 밀리고 있음을 말해주는데, 엄정하게 평가하자면, 대학원 과정을 교육과정으로 생각하는 마인드 자체가 굳건하지 못하다고 할 수 있다.

이러한 문제는 대학의 수월성 면에서는 물론이요 국가 경쟁력 차원에서도 실로 심각한 것인데, 우리대학은 이 문제로부터 과연 얼마나 자유로울 수 있는지 진지하게 반성해 볼 필요가 있다. 우리의 대학원생들이 학생이라기보다 실험실의 운영 인력으로 활용되고 있는 것은 아닌지부터 시작하여, 그들이 얼마만큼의 자부심과 애교심을 갖고 학업에 정진하고 있는지 찬찬히 살펴볼 일이다. 대학원 교육을 학부교육 못지않게 세계 일류 수준으로 발전시키는 것이 우리대학의 교육 경쟁력을 재는 중요한 지표가 되어야 할 때이다. 이 면에서 우리가 국내 대학들을 선도하게 될 때, 포스텍 비전 2020의 성취도 한결 쉬워질 것이다.

포항공대에서의 문학과 예술

'사랑도 때로는 쉬어야 한다'고
릴케가 말했듯이 교수도
때로는 딴전을 부리기 마련.
그래 봐야 인문학자의 사유방식을 넘어설 수는 없겠지만
바로 그래서 또 이렇게
우리 모두가 접하는 것들을
나름의 빛깔로 채색해서 여러분들과 나누어 볼 수도 있게 된다.

행복한 드러머

1.

처음으로 팝스 오케스트라의 연주를 감상하게 되었다. 포스텍의 4대 총장 취임 기념 음악회로, 하성호 씨가 이끄는 서울팝스오케스트라의 연주회가 열린 것이었다. 웬만한 극장 못지않은 설비를 갖춘 대강당의 이층까지 학생과 교직원 들이 들어찬 가운데서 성황리에 벌어진 연주회였다.

연주는 무려 20곡에 이르렀다. 로시니의 〈윌리엄텔 서곡(Overture "William Tell")〉과 비발디의 〈사계-가을〉로부터 〈아리랑〉에 이르는 선곡은, 지휘자 하성호 씨의 연출 의도를 잘 보여주고 있다. 대중들에게 친숙한 클래식 곡들로 시작해서, 대부분 팝스오케스트라에 맞게 편곡된 영화음악이나 대중음악을 통해 열정적으로 그리고 역동적으로 전개한 뒤에, 소프라노 차수정의 연주 두 곡으로 숨을 조금 골

라준 다음, (미리 의도된 것이겠지만) 즉흥적으로 객석의 청중을 불러내서는 대중가요 〈사랑은 아무나 하나〉를 연주하여 좌중을 뒤집어놓더니, 〈짜라투스트라는 이렇게 말하였다〉 팝스로 마무리를 하였다. 중간중간 마이크를 잡아 스스로 사회자임을 자청하며, 시원시원한 언변으로 솔직(하다 못 해 조금 지나치다 싶을 만큼 적나라)하게 음악과 자유로움, '끼'에 관한 생각을 토로해 대는 지휘자에 어울리는 선곡이었다. 한마디로 대중들에게 유흥을 제공하려는 의도의 소산이라 할텐데, 그 의도를 십분 달성했다.

연주회의 분위기는 대단히 흥겨웠다, 고 말하지 않을 수 없다. 말미의 몇 곡에서는 청중들 모두가 박수를 치며 연주에 참여했으니 말 그대로 '열린 음악회'였다고나 할까. 이런 분위기는 청중들 중에서 두 명, 직원 한 분과 학생 한 명이 올라가서 각각 지휘봉과 마이크를 잡게 되었을 때 절정에 달했다. 가요 〈사랑은 아무나 하나〉가 연주되는 동안, 직원과 학생이 번갈아서 마이크를 잡아 열창을 하고, 다른 사람은 지휘봉을 잡고 오케스트라 단원들 앞에서 신나게 막춤을 춘 것이다!

2.

팝스오케스트라란 다소 묘한 존재다. 악기의 구성 면에서부터 특징이 드러난다. 오케스트라 편성을 따르면서도 변화를 가미하여 피아노뿐 아니라 전자오르간까지 있고, 드럼이나 심벌즈 외에도 카바사나 마림바, 탬버린 등의 다양한 타악기를 갖추고 있다. 정통 오케스트라들이 다루는 전통적인 음악을 팝의 문법으로 변주하는 것이야 팝스오케스트라의 본질에 해당하는 것이니 따로 말할 것 없겠다.

이 위에 서울팝스오케스트라의 특징을 하나 더 꼽을 수 있겠다. 정확히 말하자면, 내가 본 어제 공연의 특징 한 가지라 해야겠다. 다름 아니라, 각 곡별로 한 가지 악기의 독주 부분을 마련해 두는 경향을 보인다는 점이다. 제1바이올리니스트에 의한 바이올린 독주야 흔한 것이지만, 서울팝스는 그 외에도, 첼로, 색소폰, 트럼펫, 트럼본, 드럼의 독주부를 적지 않게 마련해 두고 있다. 해당 연주자는 독주할 때뿐 아니라 곡이 끝나 박수를 받을 때도 따로 일어서서 자신의 영광을 누린다. 단원들이 개인기를 맘껏 발산하고 응분의 보답을 받게끔 하려는 지휘자의 소신이 드러난 결과인 듯싶다.

3.

공연이 한창 진행되는 동안은, 솔직히 말해서 조금 지루해지기도 했다. 클래식에 관한 한 정통 클래식 외에는 들어본 적이 거의 없어서, 알게 모르게, 편곡되기 전의 원곡을 감상의 기준으로 삼게 되었는지도 모른다. 다소 낯선 악기 편성과 독주부를 강조하는 방식, 익히 알고 있던 곡이 전혀 새로운 곡처럼 느껴지는 연주 등등이 주는 신선함이 사라지면서, 팝적인 편곡의 가벼움과 소란스러움을 느끼기 시작해서이리라.

그러던 차에 단원들 중의 한 명이 눈에 들어왔다. 무대 뒷줄의 드러머였는데, 연주 도중에 양복저고리를 들썩이고 있어서 내 시선을 끈 것이었다. 더웠던 모양이다. 멀리서 보아 그런지 모르지만, 금발의 잘생긴 미소년 같은 인상이어서 귀여워 보이기까지 했다. 옷을 들썩이던 그는 두 손으로 이마를 쓸고는 손에 묻은(?) 땀을 떨어내기도 했다. 자신이 덥다는 걸 다른 연주자에게 몸짓으로 알리기도 하고 …….

오케스트라의 경우 음악은 계속되어도 모든 단원이 항상 연주하는 것은 아님을 모르는 사람은 없지만, 덥다고 옷을 들썩이고 손으로 땀을 훔치는 드러머는 이 당연한 사실을 새삼 환기시켜 주었다. 해서 나는 연주회의 이후 시간 대부분을 그 젊은 드러머에게 눈길을 주게 되었다.

4.

결론적으로 말하자면 그 드러머는 나를 매료시켰다. 잘생기긴 했지만 그의 외모가 나의 눈길을 끈 것은 아니다. 연주 자체가 약간은 혼란스러워졌다고 느끼기 시작했으므로 그의 연주 때문에 끌린 것도 아니다. 그 젊은 드러머가 나를 즐겁게 해 준 것은, 바로 자기 자신이 전체 연주를 즐기고 있어서였다.

자신은 연주에서 빠져 있을 때, 그 드러머는 음악을 감상하는 한 사람의 청중으로 보였다. 선율에 따라 몸을 흔들고 리듬에 맞춰 머리를 끄덕임으로써 그는, 하나의 예술 작품을 만들어내는 사람이 아니라 그 작품을 감상하는 관객의 자리를 차지하곤 했다. 시간이 조금 지나자, 그가 그럴 때마다 나는 그와 내가 하나의 물결을 타는 것을 느끼게 되었다.

자신이 연주할 때가 가까워 오면 그 드러머는 빛깔을 바꾸어 지휘자를 뚫어져라 쳐다본다. 그리고는 놀라운 집중력으로 자신의 순간을 찾아 타악기들을 두드려댄다. 여운이 없어져야 할 때 드럼 위에 두 손을 얹는 그의 동작은, 진지함과 절제에다가 열정이 결합된 복합적인 것이었다. 연주에 임하는 그의 모습은, 비유를 하자면, 말 잘 듣는 학생들에게서 선생이 느끼게 되는 즐거움과 같은 걸 내게 주었다.

자신의 연주부에서는 놀라운 열정을 보여 주되, 쉬는(?) 시간에는 완전히 청중의 입장이 되어 편안히 음악에 심취하는 그의 태도, 한편으로는 주목할 만한 집중력을 보여 주고 다른 한편으로는 한없이 자유로운 모습을 보여 주는 그의 태도가 나를 매료시켰다. 둘 사이의 연결부 곧 자신의 연주를 막 끝내고 감상자의 위치로 옮아가는 순간에 그의 손 위에서 빙글빙글 돌아가는 채가 그의 즐거움을 나에게 전해 주었다.

5.

32분 음표를 따라가야 하는 숨 가쁜 순간이나 손을 비운 채 음악에 몸을 맡길 때나, 그 젊은 드러머는 자유스러워 보였다. 자유로움이란 항시 자신이 하는 일을 즐길 수 있을 때 찾아오는 것이리라. 드러머 자신이 음악을 사랑하고 자기 연주에 자신이 있었기에, 그의 자유로움이 내게 확연히 전해졌다고 하겠다.

정통 클래식의 정전(canon)적 분위기가 해체되고 축제적인 소란스러움이 무대 위로까지 들끓어 오를 때도, 그 드러머는 자신의 자리를 즐기고 있었다. 타악기 연주자로서의 자리와 무대 위에서의 관객의 자리를 묶어서 말이다. 자기 몫의 일에 매진하여 기대되는 바를 훌륭히 감당하고 자신이 관여한 그 전체 일을 관조적으로 볼 수 있는 자들이 누릴 수 있는 즐거움을, 그 젊은 드러머를 통해 보게 되어 나도 즐거웠다.

서부영화의 사실주의

클린트 이스트우드의 〈용서받지 못한 자〉

〈용서받지 못한 자(THE UNFORGIVEN)〉
는 우리 시대의 서부영화다. 이제는 자연인으로서도 제법 나이가 든 클린트 이스트우드가 은퇴한 지 11년이 되는 총잡이 '머니(Munny)'로 등장한다. 영화 자체도 그가 감독했다.

화면의 서정적 아름다움이 눈길을 끄는 가운데 돼지 등을 치는 농사꾼 '머니'의 삶이 소개된다. 그를 악당으로부터 선량한 농사꾼으로 변모시킨 그의 아내는, 아들 딸 하나씩을 그에게 남긴 채 3년 전에 세상을 떠났다. 총을 제대로 쏠 수 있기는커녕 말을 타는 데도 쩔쩔 매야 하고 돼지를 잡다가도 넘어지는 그에게 하나의 전기가 마련된다.

창녀에게 칼질한 카우보이 두 명에게 동료 창녀들이 1,000달러라는 현상금을 붙인 것. '피터'라는 어리숙한 애송이 총잡이로부터 그 소식을 전해들은 머니는 애들 양육비로 쪼들리는 살림을 펴고자 옛 친구 '네드'와 함께 '일'을 하러 떠난다. 서부영화의 필수불가결 요소라 할 총격 장면이 마련되는 것이다.

하지만 영화의 진행은 기존의 문법과 사뭇 다르다. 무엇보다도 현실적인 필요라는 항목이 행동의 기본 동인인 점을 특기할 만하다.

주인공의 설정 역시 현저히 새롭다. 총소리에 놀라는 말에서 떨어져 코피가 터지는 늙은 총잡이, 왕년의 온갖 악행들에 대해 단순히 '기억이 안 나'라고 말할 수 있는, 이제는 술 한 모금 입에 대지 않는 성실한 중년 사내가 된 과거의 천하악당이 주인공 '머니'인 것이다. 그 주변에 인디언 아내와 안락한 보금자리를 트고 행복하게 살아가는 옛날 동료인 흑인 '네드', 나쁜 시력에도 불구하고 허풍만 들어 있는 애송이 '피터'가 배치된다(사람 한 번 죽어 본 일이 없는 피터가 다섯 명을 죽였다고 거짓말을 하고 대단한 총잡이인 양 큰소리치는 것은 후반에서의 그의 변모를 빛나게 하는 장치이다). 한편으로는 전형적인 악당 총잡이인 '잉글리쉬 빌'이 설정되고 소탈하고 굳은 의지의 보안관(진 해크만)이 마을을 지키고 있다. 이 둘 모두 '머니'와 마찬가지로 중년의 사내다.

〈용서받지 못한 자〉는 '서부영화에 대한 반성'으로서의 서부영화다. '머니'와 '네드'는 안락한 농민적 생활 속에서 가족을 걱정하는 '모범적인 시민'으로 변모되었고, '빌'은 프랑스인을 시켜 거짓 자서전을 쓰는 등 자신의 과거를 미화시키는 모습을 보이며, 보안관은 마을 전체에 총기 휴대를 금지시키며 관객들에게 총잡이들이란 한갓 악당임을 확실히 인지시킨다. 작품 어느 면에도 총잡이에 대한 미화가 전혀 없다. 오히려 사실을 사실로 정확히 보는 뛰어난 현실주의 정신이 작품을 밑받침하고 있다. 즉 총잡이란 천하악당에 불과하다는 것을 인물들 모두가 알고 있는 것이다.* 자신의 과거를 미화하는 '빌'까지도 그렇다. 이러한 사실은 카우보이를 모두 해치운 직후 난생 처음으로 살인을 한 '피터'의 심리적 갈등과 그에게 대꾸하는 '머니'의 회상으로 극대화된다. 간간이 지적되듯이 총잡이란 '미친 자'인 것이다. 항상 술에 취해서 죄의식이 마비되어 있는 존재. 살인이라는 것이 한 사람이 현재 가지고 있는 것 모두뿐 아니라 그의 미래까지도 없애 버리는 것임을 알지 못하는 광기에 휩싸인 존재가 바로 총잡이라는 엄연한 현실 인식 위에서, 그리고 그것을 드러내면서 이 영화는 진행된다. 이런 점에서 〈용서받지 못한 자〉는 분명 '서부영화에 대한 반성'으로서의 서부영화인 것이다.

뛰어난 대중 흡인력을 갖추지 못하면 살아남을 수 없는 문화산업의 꽃인 영화가 '반성'으로만 점철될 수는 없을 것이다. 〈용서받지 못한 자〉가 그 위험(?)을 벗어나는 방식은 사뭇 전통적(!)이다. 물론 계기는 매우 '새로운' 것인데, 왕년의 실력이 현격히 떨어져서 장총으로도 기어가는 상대편을 맞추지 못한 '네드'가, 아내와 '머니'의

---

* 보안관의 입을 통해 개진되는 사격술의 실제, 곧 10여 미터 거리를 두었을 경우 권총의 명중률은 매우 형편없으며, 중요한 것은 '빠르기'가 아니라 냉정할 정도의 침착성과 정확성일 뿐이라는 사실의 지적 등은 기실 사소한 것이다.

아이들을 돌봐주겠다며 도중에 돌아가는 것이 그것이다. '피터'와 단둘이 남은 '머니'가 남은 한 명을 처치하고 마지막으로 돈까지 건네받았을 때 '네드'의 죽음이 알려진다. 보안관 일행에게 체포되어 사형(私刑)을 당하다 숨진 것이다. 돈을 건네주러 온 창녀의 입을 통해 '네드'의 죽음과 '머니'의 전력이 낱낱이 공개되면서, 살인이라는 죄의식에 고민하던 '피터'는 울며 떠나고 '머니'만이 남는다.

영화의 말미를 장식하는 '머니'의 이후 행동은 순수히 '서부의 총잡이'들의 세계라는 문법에 따른다. 아무도 죽이지 않은 '네드'의 시체를 마을 큰길가에 세워놨다는 소식에 '머니'는 흔연히 마을로 들어가는 것이다. 총잡이 한 명이 보안관과 그 일행을 깡그리 '없애는' 시퀀스. 친구에 대한 '의리'가 십여 년 전의 총 솜씨를 그에게 일깨워 주고 죽어가는 사람을 확인 사살까지 하는 잔인함을 회복(?)시켜 준다. 무법자가 일을 끝내고 유유히 나오도록 마을 사람 누구도 그에게 총부리를 들이대지 못하는 상황. 완전히 기존 서부영화의 맥락인 것이다.

하지만 작품은 그것으로 끝나지 않는다. 그랬을 경우 결말부 전까지의 모든 철학이 수포로 돌아가는 것. 이러한 위험을 피하게 하는 것이 작품의 처음과 똑 같이 제시되는 하나의 장면, '머니'가 살고 있는 곳의 노랗게 아름다운 하늘 아래 지평선에서 자기 아내의 무덤 앞에 서 있는 '머니'의 실루엣이다. 시작 부분에서 아내의 무덤을 파고 있던 그가 무덤 앞에서 머리를 숙이고 있는 것만이 달라진 것일 뿐, 그 정조는 동일하다. 아내로 인해 새 삶을 살았던 그가 다시 저지른 범행⑴의 속죄를 위해 머리를 숙이고 있는 것, 그것이 〈용서받지 못한 자〉를 품격 있는 서부영화로 살려낸다.

무협지와 직업병

1.

저 유명한 무협소설, 김용의 『사조영웅전』을 읽고 있다(십년 전이다).

지난 사흘간 참석했던 교원 연수중에도 틈틈이 시간을 내어 읽을 만큼 빠져 있다. 재미있다. 같은 방을 썼던 선생님께서 무슨 책을 보냐고 하셔서 무협지라고 했었는데, 나중에 정말인 것을 알고는 다소 놀라워 하셨다. 내가 무협지라 한 말이 농담이라고 생각하셨던 것이다. 이제 일 년밖에 안 된 신임교수가 교원 연수에까지 들고 와 읽는 것이 무협지라면 좀 이상타 생각하실까 싶어, 연유라면 연유라고 할 몇 마디 말씀을 드렸다.

2.

지난 겨울학기에 나는 〈대중문학의 이해〉라는 강좌를 개설했다. 대중문학에 대해 지속적으로 생각해 왔고 문학개론 등의 강의 중 일부로 대중문학에 대해 이야기를 하긴 했어도, 대중문학만으로 한 강좌를 꾸리기는 처음이어서, 적지 않은 시간을 들여 강의 준비를 하곤 했다.

결과적으로 재미있게 강의를 마쳐 뿌듯했는데, 한 가지 큰 아쉬움을 어쩔 수 없었다. SF나 추리소설 등에 대해서는 읽은 작품이 적지 않고 궁리해 둔 것도 있고 해서 괜찮았던 반면, 판타지와 무협소설에 대해서는 뭐라 강의할 거리가 없었기 때문이다. 이유는? 읽어 본 작품이 '전혀' 없었던 탓 ……. (중학교 다닐 때 존경하던 선생님께서 '무협지를 읽으면 빠지게 되니까 아예 보지도 마라'고 하신 말씀을 이 나이가 되도록 꿋꿋이 지켜온 셈이다.)

그때 학생들에게 했던 약속이, 다음 강좌에서는 작품들을 읽어 강의 내용에 충실을 기하겠다는 것이었다. 그러니 방학이 시작된 이후로 시도 때도 없이 『사조영웅전』을 들고 다니며 읽는 것은, 그 약속을 지키기 위함이다. 따지고 보면 수업 준비의 일환이라는 말이다. 해서 나는 『사조영웅전』까지도 밑줄을 그어가며 읽고 있다. (아, 이 불행이란!)

3.

해도, 역시 재미있다. 중국에서만 일억 명이 넘는 사람이 읽었다니, 재미가 없다고 하면 오히려 그것이 이상할 수도 있겠다. 작품의 내용에 완전히 빠져서, 거리를 두지 않고 읽고 있구나 하고 가끔

씩 의식할 만큼, 이 소설은 흡인력이 강하다.

해서 이 소설을 읽으면서 나는 두 가지 사이에서 진동하고 있다. 작품을 빨리 읽고 싶다는 일반 독자로서의 순진한 욕망과, 이 이야기가 사람들을 매료시키는 이유에 대한 논리를 개발해야 한다는 문학 연구자로서의 목적의식 사이를 왔다 갔다 하며 읽고 있는 것이다. 이러한 진자운동이 독서 속도를 떨어뜨리고 있다.

독서의 즐거움과 연구의 괴로움이 함께 하는 것인데, 이야말로, 문학작품을 수용하는 것이 일이 되어버린 자의 불행한 직업병이라 할 수 있겠다.

4.

요컨대 이런 식이다.

『사조영웅전』에는 무림의 고수들이 꽤 많이 등장하고 그 각각이 여러 가지의 무공을 선보인다. 각 권의 앞에 인물 설명 및 관계도가 있고 말미에는 무공의 초식들에 대해 상세한 해제가 달려 있을 만큼, 그 내용이 적지 아니 복잡하다. 이야기도 기기묘묘하게 짜여 있어서 사람들 간의 피아(彼我) 관계가 단순하지 않게 중첩되어 있다.

사정이 이러해서 두 가지 특징적인 양상이 드러나게 된다. 서술자 스스로 인물들의 관계들을 친절하게 정리해 주는 것이 그 하나이며, 인물관계 및 사건의 복잡함을 의식해서 (작품을 전체적으로 너무 복잡하게 쓰지 않으려는 의도의 결과로) 개별 인물의 내면과 심리에 대한 묘사는 거의 없거나 아주 단순화되어 있다는 점이 다른 하나이다.

실로 악인은 악하게 생각하고 행동하며, 그가 생각하고 행동하는 것이 '악하다'는 점이 명확히 규정, 기술되어 있다. 선인은 그 반대. 선악을 판별하기 힘들 경우 그런 식으로 흥미를 고조시킨 뒤에는 반드시 친절하게 설명을 해 주는 것은 물론이다.

바로 이러한 점, 작품의 특징에 대한 이상의 파악을 책의 이곳 저곳에 메모도 해 두고, 인물 관계도에다가 각 인물이 처음 등장했거나 중요한 행동을 하는 부분의 쪽수를 적어 두기도 하고 하면서 작품을 읽는 점이 바로 직업병의 소산이다.

이렇게 '일을 해 나가면서' 재미는 재미대로 느끼고자 하니 독서 과정이 다소 복잡해진다. 가끔씩은 휘리릭 읽어 내려가기도 하지만, 그런 뒤에라도 뭔가 표시를 해 둬야 되겠다 싶으면 다시 앞으로 돌아갔다가 온다 …….

5.

따지고 보면 즐거운 놀이를 하면서 일까지도 한다고 돌려 생각할 수도 있겠지만, 그렇게 되지는 않는다. 일은 일인 까닭이다. 이런 식으로 읽다 보니 한 번 읽어도 실상 두어 번 읽는 셈이 되지 않겠나 하며 위안을 삼을 수밖에 없다.

불현듯, 무협지를 읽다 쓰러지면, 산재 처리가 될까 궁금해진다 ……. 이래저래, 소설 읽는 것이 일이 된 자만의 특징이라 하겠다.

소설책을 꽂으며 얻은 것

1.

연구실을 옮기게 되었다(5년여 전 일이다). 이전보다 넓은 공간이어서, 가지고 있는 짐들을 모두 풀고도 여유 있게 되었다. 살 것 같다.

하지만 이사 전부터 걱정했던 대로, 책들을 정리하는 일이 만만치 않다. 며칠째 책 정리에 적지 않은 시간을 할애하고 있다.

2.

일상생활에서 보면 '정리형 인간'은 못 되는 것 같은데, 책만큼은 꽤 잘 정리해 온 듯싶다. 다른 이유가 아니다. 어림잡아 5,000권 가까이 되다 보니, 분야별로 나누어 꽂아 두지 않으면 안 되게 된 까닭이다. 있는 책을 깜빡해서 새로 산 경우도 없지 않다 ……

이사할 때마다 책을 정리하는 것이 정해진 고역이었는데, 이번에도 예외가 아니다. 아니 이번에는 좀 더 대대적으로 작업(?)에 들어가서 그 정도가 더하다. 각 파트별로 책장이 모자라게 되어 부분적으로 겹치게 쌓기도 했던 것을, 넓은 방으로 옮기는 김에 책장을 좀 더 마련해서 새롭게 배치하게 된 것이다.

3.

책이야 읽으려고 구하는 것이니 읽는 일이야말로 책의 값어치를 살려 주는 것이지만, 책을 정리하는 일 또한 나름의 가치를 지닌다. 어제 나는 외국소설 분야를 정리하다가 한 가지 사실을 새삼 깨달았다.

전집류들은 한쪽으로 제쳐둔 상태에서 단행본들을 정리하게 되었다. 가능한 대로 연대와 작가를 고려하여 꽂다가, 발표순으로 꽂아 볼 생각을 하게 되었다. 19세기 이전까지를 정리하는 것은 순조로웠는데, 그 다음이 곤란했다.

예를 들어, 마크 트웨인의 『허클베리 핀의 모험』과 톨스토이의 『전쟁과 평화』, 에드거 앨런 포의 『우울과 몽상』, 발자크의 『사라진 환상』, 제인 오스틴의 『오만과 편견』, 에밀리 브론테의 『폭풍의 언덕』, 도스토예프스키의 『악령』, 로렌스 스턴의 『트리스트럼 샌디』, 멜빌의 『백경』, 오자키 고요의 『금색야차』가 있다. 이들이 어떤 순서로 19세기에 발표되었는지, 막상 순서대로 꽂자니 어려웠다.

20세기 전반기로 넘어와도 마찬가지. 제임스 조이스의 『더블린 사람들』과 노신의 『아Q정전』, 버지니아 울프의 『등대』, 올더스 헉

슬리의 『멋진 신세계』, 토마스 만의 『토니오 크뢰거』, 서머셋 몸의 『달과 6펜스』, 로렌스의 『채털리 부인의 사랑』, 나쓰메 소세키의 『문』, 고리키의 『어머니』, 헨리 밀러의 『북회귀선』이 있다. 이들은 또 어떤 순서로 발표되었는지, 적잖이 난감했다.

4.

각국 문학사에 대한 내 지식이 불충분하다는 점에 다소 곤혹스러웠지만, 부족한 공부야 이제라도 하면 되고 날로 기억력이 떨어지는 것이야 어쩔 수 없는 일이니, 이래저래 크게 마음을 쓰지는 않았다. 대신, 넘어진 김에 쉬어가고 떡 본 김에 제사 지낸다고, 책 정리를 통해 공부하기로 작정했다.

종이를 꺼내서, 작품들 하나하나의 발표연대를 적어 보았다. 했더니, 이렇게 된다.

『트리스트럼 샌디』, 『오만과 편견』, 『우울과 몽상』, 『폭풍의 언덕』, 『백경』, 『전쟁과 평화』……. 그리고 『토니오 크뢰거』(1903), 『어머니』(1906), 『문』(1908), 『더블린 사람들』(1914), 『달과 6펜스』(1919), 『아Q정전』(1921), 『등대』(1927), 『채털리 부인의 사랑』(1928), 『멋진 신세계』(1932), 『북회귀선』(1934).

이러한 사실이 의미하는 바는 간단명료하다.

당겨 말하자면, '소설이란 역동적이고 다양하다'는 것이다. 리얼리즘과 모더니즘이라는 상이한 지향성에 귀속되는 작품들, 사회운동의 일환으로 저술되거나 혹은 반대로 자율적인 작품으로 창작되는 소설들, 윤리적 금기를 넘어 물의를 일으키거나 대중문학으로 분류되기도 하는 것들, 합리주의적인 전통에 충실하거나 정반대로 근대의 지평 밖에 놓이는 작품들, 이 모든 것들이 말 그대로 뒤섞여 공존하고 있는 것이다.

이러한 사실은, 소설이라는 장르의 규정성이 취약하다는 식으로 접근하거나, 문예사조의 교체로 소설사의 변전을 설명하거나, 특정 비평방법론의 맥락에서 소설들을 범주화하거나 하는 일 등이, 소설문학의 참모습을 파악하는 데 있어 얼마나 성기고 불충분한 작업인지를 새삼 느끼게 해 준다. 이러한 새삼스러운 인식에 더해서 개별 작품들의 내적인 면모를 떠올리니, 소설이 소설인 소이는 다성적·중층적이면서 변화무쌍하다는 데서 찾아야 한다는 점이 한층 분명해지기까지 한다.

몸을 쓰면서 이렇게 공부까지 하고 보니, 책을 정리하는 일이 단순한 정리요 고역에 그칠 수 없다는 생각이 부쩍 든다. 이런 생각 때문에, 적어도 책에 관한 한 정리벽을 키워 온 것인지도 모르지만, 이러한 습관이야 키워도 좋은 것이 아닐까 싶다.

『소설의 이론』 읽기의 괴로움

어떠한 글을 읽음으로 해서 세계를 호명할 수 있게 되었을 때, 더욱이 그러한 의미 부여를 통해서 세계가 우리의 눈에 처음으로 자신의 모습을 드러내게 되었을 때, 책읽기란 단순한 즐거움을 넘어선다. 그러한 일이, 하나의 성인으로서 자기 정신의 좌표를 갈구하는 20대 초반의 독자에게 일어났을 경우에는 더 말할 나위도 없다. 80년대 전반기에 대학에 들어온 이들이 대개 그랬듯이, 자신이 속해 있는 사회적 삶의 상이한 국면들이 보여주었던 통약불가능성에 가위눌려 있던 내게 있어서, 바로 그러한 책읽기 경험을 가져다 준 것이 G. 루카치의 『소설의 이론』이었다.

감상을 채 떨구지 못한 채 문학을 갈망했던 국문학도인 내게 있어서 『소설의 이론』은 내가 들어가야 할 곳에 새겨진 표지, 언뜻 보기에는 무척 낯익은 듯싶지만 한 켜씩 헤쳐 볼수록 비의를 담고 있는 듯한 난해한 문장(紋章)이었다. 타고난 미욱함과 그 비의의 정체를 파악해야 한다는 문학도적인 열망에 의해, 나는 무려 육 년에 걸쳐 다섯 번이나 그 책과 씨름을 해야 했다. 되돌아보면, 내게 있어서 세계에 대한 호명과 그것을 가능케 하는 정신적 좌표의 구축은 『소설의 이론』에 대한 다양한 빛깔의 나선형적인 독서와 나란히 갔던 셈이다. 루카치가 보여준 역정을 좇아가면서 그에 관련된 가지들을 더듬는 과정 속에서도, 그 책을 통해 세계를 읽게 되고 끝내는 그 책을 부정적으로 읽음으로써 새롭게 세계를 읽게 되는 형식으로, 『소설의 이론』은 항상 현재적인 책이었다고나 할까 …….

자아와 세계 그리고 영혼과 행위가 분리된 시대에 우리가 처해 있으며, 소설이란, 이러한 상황에서 우리가 추구해야 할 '내면성이 지니는 고유한 가치'라는 것이 추구될 수만 있을 뿐이지 결코 성취될 수는 없다는 사실에 대한 성숙한 통찰(작가의 아이러니)의 과정이자 결과라고 『소설의 이론』의 저자는 말하고 있다. 그에 따르면 아이러니는 진정한 총체성을 창조하는 객관성을 위한 유일하게 가능한 선험적 조건이며, 바로 이런 이유로 소설이 근대의 대표적인 예술 형식으로 될 수 있었다고 한다.

베버에 의해 합리화로 명명되고 마르크스주의자로 전향한 후기 루카치에 의해 사물화라는 개념으로 조명된 근대의 상황에 대한 진지한 문제 제기의 결정이라고 할 수 있는 이러한 파악은, 소설이라는 문학 장르에 거대한 의미를 부여하는 것으로 해서 내게 충격이었다. 앞서 말한 통약불가능성을 야기한 국면들 중의 하나가, 당시의 내게 있어서는, 시와 소설을 망라하는 문학으로 설정되었던 까닭에 그 충격은 대단한 것이었다. 그리고 이 충격은 그 내포를 달리하면서 이후 줄곧 계속되었는데, 세계의 분열을 체감케 했던 문학이 그러한 세계를 읽는 인식론적 범주로서 기능할 수 있다는 암묵적인 함축이 단순히 문학청년의 감상과 관련해서만 폭발력을 지닌 것이었다고는 할 수 없기 때문이다.

『소설의 이론』의 루카치에게 있어 소설이란 결코 완결될 수 없는 형식이라는 지적이, 지금의 내게는, F. 제임슨에게 있어서 방법론적 표준으로서의 총체성이라는 것이 실정적인 내용을 가지지는 않는다는 언명과 동일한 맥락에서 읽히는 까닭이다. 그의 소설관이 당대 독일 지식인의 비극적인 역사의식의 반영이라고 혹은 계급적인 한계로서 설정되는바 소외의 필연성에 대한 변증법적 지식의 결여에 따른 당연한 귀결이라고 비판되긴 했었지만, 근대와 탈근대의 이데올로기가 착종되는 방식에 기대어 근대가 번영하는 오늘의 상황에서, '신이 부재하는 시대의 부정적 신비주의'로서의 아이러니가 '부재하는 원인'으로서의 역사에 상응하는 것으로 여겨지는 내게 있어서는 지금도 절실한 문제인 것이다. 이러한 절실함은, 누구도 부르주아지의 경계 바깥을 넘어보지 못한 현재의 상황에서, 『소설의 이론』이 사회 비판이라는 맥락에서의 은밀한 이념적 저항의 연속선상에 위치함으로써 80년대 초반의 문학청년들에게 매혹의 대상일 수 있었던 메커니즘이 결코 지나간 시대의 이야기일 수만은 없다는 판단에서 발원한다. '주체는 본질을 구성하는 적절한 객체를 발견할 수 없다는 불가능성을 전제한다'라는 『소설의 이론』의 전제가 내게 또 한 번의 혹은 몇 번의 독서를 요청하고 있는 것이다.

물냉면을 예찬하다

1.

이제는 나이가 드셔선지 좀 그렇지 못하지만, 내 어머님께서는 음식 만드는 것을 무척 좋아하셨을 뿐만 아니라 대부분의 음식을 매우 맛나게 만드셨다. 여러 가지 국과 찌개 등 일상적으로 먹는 음식과 적이나 여러 가지의 전들, 잡채, 냉채, 게장 등 잔치 음식을 특히 잘하셨는데, 당신 스스로도 음식 솜씨에는 대단한 자부심을 갖고 계셨던 듯싶다. 그 덕분(!)에 나는 결혼으로 이어진 연애 시절 이전에는 외식은커녕 매식조차도 제대로 해 본 적이 없이 자랐다. 외식 이야기가 나오면 그 대상이 무엇이든 간에 '먹는 거야 집에서 해 먹으면 되지 나가서 돈 쓰면 뭐 하냐, 맛도 별론데 ……' 하며 어머니는 식구들을 주저앉히고는 하셨다.

해서 유소년 시절의 기억 속에 있는 냉면은 별반 특별할 것도 없고 솔직히 말하자면 맛도 그저 그런 음식이었다. 집밖에서는 냉면을 먹어 본 일이 없고, 어머니께서 냉면까지 기막히게 만드시길 기대할 수도 없는 것이니 ……. 집에서 해 먹는 냉면이란 대체로 비빔냉면인 것도 냉면에 대한 나의 기억이 그리 풍부하지 못하게 된 한 가지 이유가 된다. 여러 가지 냉면 중에서 비빔냉면은 가장 아랫길에 속하는 거라고 나는 지금도 확신하고 있는데, 원래 그렇다는 나의 미감에 의한 판단 외에도, 어릴 적 어머니께서 해 주시던 (사실 맛이 뛰어나지 못했던) 집 냉면이 거의 항상 비빔냉면이었던 사실이 그 근거이리라.

2.

　내가 냉면의 맛을 알게 된 것, 냉면을 사랑하게 된 것은 아내를 만나고 나서부터이다. 연애 덕분에 집밖에서 식사를 할 기회가 무척 많아진 상태에서 이번에는 뭘 먹을까 서로 궁리하며 먹거리를 찾아다니게 된 것이 원인이라면 원인이겠다. 평양냉면과 함흥냉면의 차이를 알고 오장동 냉면을 처음 먹어 본 것이 그때다. 양도 적은데다가 반찬이라고는 달랑 무절임 하나뿐인 식탁을 처음 봤을 때는 솔직히 기가 막혔다. 얇게 썬 고기 한 장 끼워 넣은 면 음식을 몇 천 원 주고 먹는 것은 너무 아깝지 않은가 하는 생각이 들었기 때문이다(먹고 돌아서면 배고파지는 총각들 대부분은 음식의 질보다 양을 먼저 보는 것이 상례이니 맛은 고려사항에 들지도 않게 마련이다). 하지만 그곳 냉면은 나를 매혹시키기에 충분한 비밀병기를 갖췄는데, 그것이 바로 시원한 국물 맛이었다.

3.

　태음인인 나는 고기를 무척 좋아한다. 그냥 먹어도 좋고(육회) 물에 넣어 끓여도 좋고(국, 탕, 샤브샤브), 불에 올려놓거나 연기에 그을려도 좋다(숯불구이, 바비큐, 불고기, 적, 스테이크, 훈연 요리 등등). 고기 비슷한 것(내장, 양, 간, 선지)도 매우 좋아하며, 고기가 자신을 바쳐 스스로를 풀어내고 남긴 것(시골 국물, 곰국)도 끔찍이 좋아한다.

　'육수'야말로 끝에 해당하는 또 하나의 음식인데, 바로 이 육수가 물냉면의 맛을 결정하는 요체라고 할 수 있다. 육수가 제대로 되지 않으면 물냉면 자체를 먹을 수 없게 된다. 해서 물냉면은 아무데서나 먹을 수 있는 음식이 결코 아니다. 분식집의 열무김치 냉면은 아예 다른 종류의 음식이라 생각해야 하고, 혹시라도 냉면 국물에 기름기의 흔적이라도 보인다면 그 물냉면은 먹지 않을 일이다. 물냉면의 육수는 보기에 맑고 정갈하며 먹기에 시원하면서도 은근한 것이 제격이다. 더 나아가서 제대로 된 물냉면의 맛을 음미하고자 한다면 겨자를 푸는 것도 삼갈 일이다. 나는 절대 냉면 국물에 겨자를 풀지 않는다, 설렁탕의 국물 맛을 음미하기 위해서 양념장뿐 아니라 후추도 넣지 않듯이.

4.

　물냉면을 먹을 때 우리는 두 종류의 육수를 만나게 된다. 차고 정갈한 하나의 육수와 뜨겁고 시원한 또 하나의 육수가 그것이다. 실오라기 같이 세세하면서도 쫄깃한 면발을 한 올 한 올 풀어지게 해 주면서 가슴을 시원하게 해 주는 냉면 국물이 앞의 것이요, 그렇게 차가워진 몸속을 녹여 주는 뜨끈한 방구들의 동업자이자 대주주로서 냉면 그릇 옆에 놓이는 육수 주전자의 뜨거운 육수가 뒤의 것이다. 좋은 고기를 잘 고아서 얻어 낸 훌륭한 육수 맛은 맑으면서도 그윽하고 뒷맛이 길면서도 절대 거북하지 않은 것이 특징이다. 그러한 육수로 우리의 식도를 냉온욕시키는 것이 물냉면 먹는 즐거움의 하나를 이룬다.

그러고 보면 물냉면을 제대로 먹는 일은 여러 가지 감각이 총동원되는 다소 복잡한 과정이라 하겠다. 처음 두 손으로 그릇을 들어 국물을 맛볼 때의 그 시원함으로 시작해서, 면발을 입에 넣어 여리여리하면서도 탄력 있는 면의 감촉을 느끼고, 때로는 입안 가득히 충만한 면의 양감에 즐거워하고, 중간 중간 마시는 뜨거운 육수의 또 다른 시원함과 구수함을 음미해 나가다 보면, 줄어든 면을 아끼듯이 몇 올 넣어 혀 위에서 휘돌아가는 면의 자취를 만끽하게 된다. 그도 끝나게 되면 자투리 면들을 몇 번 휘적여 건져 본 다음, 그 시원한 국물을 양껏 마셔보며 시원한 충만감에 젖는 것이다.

5.

냉면을 먹으려면 물냉면을 먹어야 한다. 비빔냉면과 회냉면도 제 빛깔이 있지만 물냉면을 따라올 수는 없다. 무엇보다도 거기에는 육수가 없는 탓이다. 옅은 맛으로 따지자면야 이 둘의 매콤달콤하여 뜨거우면서도 시원한 맛도 괜찮은 것이지만(나는 회냉면도 매우 좋아한다), 물냉면의 국물이 주는 그윽한 맛에 비할 것은 못 된다. 고기를 처음 먹는 사람이 돼지갈비에서 시작하여 점차 생고기 구이로 나아가는 것과 마찬가지 이치다.

물냉면을 맛나게 먹으려면 겨울에 먹어야 하고, 뜨끈한 구들에 앉아 먹어야 한다. 앞서 말한바 육수의 냉온욕을 온몸으로 느끼기 위해서이다. 입으로만 먹는 것이 아니라 온몸으로 냉면을 먹기 위해서이다. 좀 더 실제적인 이야기를 하자면, 무엇보다도 집을 잘 골라야 한다. 맛있다고 소문난 집이라면 시간을 아끼지 말아야 할 일이며, 이런저런 정보가 없다면 냉면 전문점을 찾아야 한다. 고기 먹은 뒤에 끼워 주는 냉면이나 이런저런 면 가운데 하나로 제공되는 냉면 치고 제대로 된 냉면을 먹어 본 일이 나는 거의 없다.

사우나의 즐거움과 슬픔

1.

지난해 말에 새로 이사 온 시골 아파트에는 주민 전용 스포츠클럽이 있다(10년여 전 용인에 살 때 이야기다). 한 달 치 끊은 돈이 아까워서라도 휴무일을 제외하고 일주일에 여섯 번 모두 나는 그곳에 간다. 시간이 나지 않을 때면 샤워만이라도 하고 온다(아내의 엄명에 의해서, 클럽 회원이 된 뒤로는 집에서 샤워하는 것이 사실상 금지되어 있다). 그렇지 않을 경우라도 정작 내가 이용하는 장소는 대단히 한정되어 있다. 헬스장에서 몇 가지 운동을 한 뒤에 목욕탕을 이용하는 것뿐이다. 대체로 아이와 함께 가는데 그럴 경우에는 애가 수영을 할 동안 운동을 한 뒤 함께 목욕을 한다.

목욕이라고 했지만 몸을 닦는 일이야 매우 간단하다. 비누질 한 번이면 끝이다. 대부분의 남자들이 그렇다. 자리에 앉아 판을 차리는 사람들이 없지는 않지만, 샤워기 밑에 서서 닦는 일을 마치는 게 보통이다. 샤워가 끝난 뒤면, 아이터러는 온탕에 있으라고 한 뒤에 나는 사우나실에 들어간다.

2.

우리 사우나실은 매우 좁다. 일곱 명 정도 앉고 두 명이 누우면 꽉 찰 정도의 공간이다. 물론 그렇게 많은 사람들이 함께 있는 경우는 없을 것이다. 방학 기간이라 한가한 시간을 이용하는 나로서는, 목욕탕 사용자 전체를 쳐도 열 명이 넘는 경우를 본 적이 없다. 허니 사우나실에는 대체로 많다 해도 두세 명이 함께 있게 된다. 실상 나 혼자 있는 경우가 더 흔하다.

대낮의 한가한 시간을 타서 사우나실에 혼자 앉아 있는 일에는 나름의 묘미가 있다. 처음에는 이런 호사를 누려도 괜찮은 것인가 하는 불편함이 없지 않았지만, 한 달이 지나면서 그런 불편함은 사라졌다. 게다가 내 체질이 사우나에 적합하다고 믿는 터라, 그렇게 혼자 사우나실에 앉아 있게 되면 사실상 즐겁기까지 하다.

사우나실의 그 고요함과 아늑한 깨끗함을 나는 사랑한다. 열이 뿜어져 나오는 소리는 처음 들어갈 때만 의식될 뿐 앉아 있다 보면 잊히게 마련이며, 높은 온도 때문에 바짝 마른 나무 마루며 나무 의자는 정갈한 느낌을 준다. 게다가 조명이 그리 밝지는 않아서 더욱 정겹다. 그런 곳에 가만히 앉아서 머리를 가라앉히다 보면, 복잡한 일들로부터 벗어나 한적한 곳에 은둔한 듯한 행복감까지 들게도 된다.

3.

사우나실의 열기는 나로 하여금 자연스럽게 호흡을 가다듬게
해 준다. 숨 쉬는 일에까지 의식이 미치면서 찬찬히 숨을 들이마시
고 내쉬다 보면 이 일이 얼마나 소중한 것인가를 깨닫게 된다(물론
실제로 가장 소중한 일이긴 하지만 말이다). 그렇게 가다듬어진 사우나실에
서의 호흡은 나 자신을 새삼 돌아보게 만든다. 이때의 '나'는 일상
적으로 떠올릴 때의 '나'와는 완연히 다른 나이다. 후자의 '나'가 '정
신으로서의 나'를 가리키는 반면에 지금의 '나'는 몸과 하나가 된,
몸으로부터 절연되지 않은, 아니 실상은 '몸으로서의 나'이기 때문
이다. 몸으로서의 자신을 느낀다는 것은 자신을 몸으로 느끼는 데
로 이어진다.

온몸에 돋아나는 땀방울을 보고 손으로 그것을 쓸어내리며 몸을
마사지하게 되면 이러한 느낌이 배가된다. 규칙적인 운동 덕으로
날로 알이 차지는 근육들은 자신의 존재를 자랑이나 하는 듯 우쭐
대며 손길을 기다린다. 아무런 사념 없이 앉아서 땀을 내고, 양 손바
닥으로 몸을 문지르며 땀을 씻어내는 일은, 자기의 존재에 집중하
게 되는 한 가지 통로라고 할 수 있다. 이때의 육체는 나의 온 정신
을 자신에게만 집중하도록 한다. 하루의 계획이나 일의 진척 정도
등을 생각할라 쳐도, 땀이 솟고 그것을 씻어내다 보면 어느새 정신
의 흐름과 손바닥의 움직임이 하나가 되는 탓이다. 우리에게 있어
서, 아니 적어도 내게 있어서, 자신의 전 존재가 자신의 전 존재 자
체만을 대상으로 하여 자신의 전 존재 안에서만 움직이는 경우가

바로 사우나라고 할 수 있겠다(비슷한 것으로는 달리기가 있을 뿐이다).

몸이 더욱 선명히 각인되는 것은 사우나실에서 나와 냉탕에 들어갔을 때이다. 찬물을 찬찬히 몸에 적신 뒤 들어간 경우라 하더라도, 온몸이 냉탕에 잠겼을 때 우리는 뭐라 형언할 수 없는 벅참을 느끼게 된다(연세 지긋한 양반들이 '어어' 하고 소리 지르는 것을 결코 탓할 일이 아니다). 가슴이 뻐근해지는 듯한 감격(?, 몸의 감격!)과 온몸의 피부 세포 전체가 웅장한 교향악의 총주처럼 한 번에 토해내는 탄성이 자릿자릿하게 자신을 감싼다. 그렇게 십여 초가 지나면 가슴 깊은 속의 뜨거운 불기운이 뚜렷해지게 마련이다. 그것은 단순한 열기가 아니다. 자신의 존재를 지탱해 주는 열기, 이 차가운 물속에서 우리의 몸을 유지시켜 주는 에너지이자, 자신 외에는 아무런 사념도 모르는 정신의 줄기 곧 순수한 파토스의 동력원이며 그 파토스 자체이기도 하다.

이 열기 이 파토스는, 냉탕에서 계속 있을 수는 없다는 사실과, 탕에서 나와 잠시 앉아 쉴 때 온몸이 다시 낮게 전율하며 뿜는 미미한 열기로 해서, 강렬한 그리움의 대상이 된다. 이 그리움을 어쩌지 못할 때 나의 사우나 이용 시간은 대책 없이 길어지기도 한다.

4.

혼자 사용하는 사우나가 아니니 다른 사람들과 더불어 있을 때의 소감도 적어야겠다. 실은 이 부분의 생각이 이 글을 쓰게 한 동기인데, '다른 사람들과 더불어 있을 때의 소감'이라는 것은 다소 역설적이기까지 하다.

지금 역설적이라 한 것은, 남자들의 경우 사우나실에 함께 앉아 있어도 서로 아무런 말도 건네지 않는 것이 상례인 까닭이다. 남자들은 함께 목욕하면서 친해진다는 말은 반면지분(半面之分)이라도 있는 경우에 쓰이는 말일 뿐이어서, 생면부지의 남남들은 아무리 비좁은 사우나실에서 서로 가까이 앉게 된다 해도, 한두 마디 말도 좀처럼 나누지 않게 마련이다. 어쩌다 꼬마 애가 들어와 있게 되면 아 그놈 기특하다든지 덥지 않으냐 하는 말을 노인분들이 건네기는 해도, 그 애의 아버지에게까지 말을 돌리는 일은 거의 없다. 사우나실에 오래 앉아 있을라치면 온몸에 찬물을 끼얹은 채 '어 추워' 하며 뛰어 들어오기도 하는 아이 때문에, 나는 이러한 사정을 익히 알게 되었다.

동일한 공간에 함께 있되 물리적으로만 그렇다 뿐이지, 한 마디 말도 나누지 않고 심지어는 눈길도 서로 마주치지 않는 것이 남자 사우나의 모습이다. 아내의 말에 따르자면, 여자들은 사우나나 찜질방 같은 데서 장만해 온 음료수 등을 함께 나누며 온갖 정보를 교환하고 마음껏 수다를 떤다는 것이었다. 이용객이 모두 그런 것은 아니겠지만 여자 사우나실이나 찜질방이 정적 속에 잠기는 때는 거의 없다는 말이었다. 반면에 남자 사우나실에서는 '대화'라고 할 수 있는 것이 사실상 거의 없다. 가끔씩 원래 서로 아는 사람들이 함께 들어와 몇 마디 이야기를 나누기도 하지만 그것은 경우가 다르다. 요컨대 남자 사우나실은 사교적인 장이 아니라고 할 수 있겠다.

왜 그럴까. 몸이 땀으로 젖기 전의 내 상념의 한 자락에 이런 의문이 들기 시작했다. 내가 얻은 결론은 다음과 같다. 간단히 말하자면 '위신' 때문이다. 사회적인 지위에 대한 의식이 사우나실 남자들의 입을 무겁게 만들어 버렸다는 것이 내가 생각해 낸 대답이다.

아무 것도 걸치지 않은 말 그대로 나체가 된 상태에서 '위신' 때문에 서로가 소 닭 보듯이 한다는 데는 아무래도 설명이 필요할 듯싶다. 나의 결론은, 목욕탕에서 또는 사우나실에서 자신의 위신을 지키기 위해서 남자들이 침묵을 지킨다는 말이 아니다. 말 그대로 나체인 상태이므로 그들 사이에는 실상 사회적인 차이가 전혀 없게 된다. 그러니 동등하게 평등하게 서로 우의를 보일 수 있다고 생각할 법도 하다. 그러나 아니다. 전혀 아니다.

니체가 인간에 대해서 혐오를 느낀 것은 가장 위대한 인간도 사소한 인간도 벌거벗은 상태에서는 너무도 닮았다는 사실에서였다. 가장 위대한 인간조차도 너무나 사소하다는 사실이 그를 질식시켰던 것이다. 니체만큼 위대하거나 똑똑하지는 않다 해도, 이 사회의 남자들은 사회적인 본능으로, 말을 바꾸자면 사회적 존재로서의 본능으로 니체가 문제시한 것을 감지하고 있다. 비록 문제를 대하는 자세는 다를지라도 말이다. 그 때문에 사우나실의 남자들은 서로 침묵하는 것이다. 이렇게 벌거벗은 상태에서는 똑같을 수밖에 없지만, 목욕탕만 나서면 저들과 나 사이에는 엄연한 사회적 위계가 작동하고 있다는 점을 그들은 잊지 않는다. 목욕탕 밖에서의 만남이 어색해지지 않게 하려면 사우나실에서는 침묵하는 것이 낫다고 그들은 본능적으로 여기는 것이다.

생각이 여기까지 미치고 보면, 사우나실의 남자들은 나를 슬프게 한다. 끊임없는 경쟁 사회에서 도태되지 않기 위해 온갖 스트레스와 싸우며 부단히 노력해야 하는 보잘 것 없는 인생들의 역정이 느껴지기 때문이고, 그런 관계 속에서 살 수밖에 없는 근대 사회인의 숙명이 생각되는 탓이다. 그들의 뱃살이나, 주름, 벗겨진 머리며 흰 머리털 들이 이러한 느낌을 배가시킨다. 성욕의 대상이 아닌 벗은(naked) 몸뚱어리는 그 자체로도 서글픈 것이니, 나의 슬픈 심회는 어찌할 수 없이 커져만 간다.

자신이 젊은 까닭에 세상을 가능성으로 대하기 마련인 청년들은 이런 사정을 알 리 없으며, 한창 나이로 열심히 일해 나가고 있는 장년들이야 이런 생각을 해 볼 겨를도 심적 여유도 없는 만치 아예 생각의 자락을 뻗치지도 않기 마련이고, 무슨 일에서든 나름대로 일가를 이룬 덕에 한낮에 사우나를 즐기는 초로 이후의 양반들은 자신의 노후를 편히 보낸다는 기만적인 자기 위안 탓에 망각하기 쉽겠지만, 남자 사우나의 침묵은 실상 우리가 살고 있는 시대의 슬픈 현실을 간접적으로 비추는 거울이라 하겠다.

5.

해서 나는 혼자 있을 때를 기다리며 사우나실을 사용하기도 한다. 슬픔보다는 즐거움을 느끼기 위해서지만, 생각하면 안타까운 일이다 …….

수^{number}에서 배우는 지혜

　　　　　　　살다 보면, 지식이 아니라 지혜가 아쉬워질 때가 많다. 세상일에서 우리가 겪는 스트레스의 상당 부분은 일을 처리할 방법을 몰라서가 아니라 처리하는 과정의 어려움에서 온다.

　방법이 명확하면 명확한 만큼 대상도 선명해지고 일의 처리 단계도 깔끔하게 분절된다. 이런 상태에서라면 아무리 복잡다단한 일이라도 간단한 알고리즘을 따라 하나씩 처리하면 될 듯하다. 하지만 세상 어느 일도 그렇게 쉽게 풀리지는 않는다. 내가 옳다고 생각하는 일처리 방법부터 그 정당성을 의심받기 십상이기 때문이다. 혼자 하는 일이 아닌 이상 이러한 어려움은 피하기 힘들다. 해야 하는 일의 성격과 가치가 고정되지 않는 것도 문제다. 시간에 따라 모든 것이 변하듯 우리의 일도 변하게 마련이어서, 일처리 방법

또한 그에 맞춰 변하기를 요구한다.

사정이 이러하기에 방법에 대한 지식만으로는 부족하다. 대상과 상황, 때에 맞는 여러 방법을 적절하게 골라 쓰는 지혜가 필요하다. 달리 말하자면, 어떠한 방법을 금과옥조인 양 고정시켜서 들이대지 않는 현명함이 요구된다. 이러한 지혜는, 문제 해결의 방법들을 잘 운용하는 능력이라기보다, 문제를 대하는 유연한 태도에 가깝다고 할 수 있다.

문제 해결의 지식보다는 지혜를 바라는 입장에 놓일 때마다 나는 수(number)의 특성을 생각해 보곤 한다. 내가 생각하는 수의 특성이야말로 앞서 말한 지혜를 깨우쳐주는 까닭이다.

질문으로 시작해 보자. 수는 무엇인가. 수는 무엇을 표상하는가. 수가 특정한 실체와 고정적으로 연관되어 있다고 말할 수 있는가. 수의 원리가 수 아닌 무엇에서 유래한다고 할 수 있는가. 혹은, 수 자체가 물질성을 지닌다고 볼 수 있는가. 수가 자신을 가리킨다고 할 수 있는가. 좀 더 나아가서, 수가 운용되는 방식들이 수 자체에서 유래한다고 볼 수 있는가. 궁극적으로, 수가 수 자체에서 유래한다고 생각할 수 있는가.

수학에는 문외한이지만, 당연히도, 위의 모든 질문에 대합 답은 '아니다'이다. 수는 모든 것을 지칭할 수 있되 그 자체로는 어떤 것도 표상하지 않는다. 따라서 수는 어떤 것에도 얽매어 있지 않다. 동시에, 수의 원리는, 만일 그런 것이 있다 해도, 수 아닌 다른 무엇에서 유래하는 것일 수 없다. 그렇다고 수 자체가 물질성을 지니고 있는 것도 아니다. 수는 자신을 가리키지도 않는다. 수가 운용되는 방식 곧 이런저런 연산이 수 자체에서 유래하는 것도 아니다. 수 자체가 실정화되지 않는 까닭이다. 우리 모두가 아는 대로, 수는 무한하게 쪼개지며 그 경계를 확정할 수도 없다. 이러하기 때문에 수가 스스로에서 유래한다고 볼 수도 없다. 내적 근거라는 말은 수와는 거리가 멀다.

말이 어려워진 만큼 수 자체도 알쏭달쏭한 것이 된 감이 있지만, 그럼에도 우리 모두는 일상생활에서 끊임없이 수를 사용한다. 그것도 사회적인 맥락에서 정당성을 갖고 거의 모든 것을 대상으로 해서 말이다. 수의 운용 방식 곧 계산의 정당성에 대해 의심하는 사람은 없다. 근대 자본주의 사회의 폐해로 계량화(및 그에 따른 질의 사상(捨象))를 들거나 교환가치의 우세를 지적할 때, 이러한 비판이 겨냥하는 것은 수 자체가 아니다. 수 그리고 수의 운용 방식의 정당성은 의심되지 않는데, 여기에는 수의 겸손함이 큰 역할을 한다. '1 = 1'이라든가 '1 + 1 = 2'임을 수는 결코 시도 때도 없이 강제하지 않는다. 실제들의 관계에 폭력을 행사하지 않는다는 것이다(예컨대, 수가 같다고 해서 사과 하나가 배 하나와 같은 것이라고 수의 논리가 강요하지는 않는다).

수의 이러한 특성은 앞서 말한 문제 해결의 지혜, 문제를 대하는 유연한 태도가 어떠해야 하는지를 말해 준다. 스스로를 비우고 있으면서도 문제를 규정하는 것, 고정되어 있지 않으면서 사상(事象)들을 정리해 내는 것, 그러면서도 어떤 사상에도 얽매이지 않는 자세를 우리는 수의 특성을 통해 배울 수 있다. '고정되지 않는 척도', '비어 있는 중심'의 존재 가능성을 수가 확연히 보여 주고 있는 것이다. 이러한 가능성을 우리의 태도로 체화한다면, 문제를 유연하게 대하고 지혜롭게 해결하는 일이 한결 수월해질 것이다.

세상살이는 본래 규칙도 장도 갖지 않는다. 사람들이 지나다닌 흔적이 길이 되는 것처럼, 규칙은 사후적으로 오는 것이다. 사정이 이러하니 세상의 문제를 풀어나가는 데 있어서도 각각의 문제에 유연하게 대처하는 일이 필요하다. 척도를 갖추되 고정되지 않는 것, 중심을 잡되 스스로를 비우는 것, 그럼으로써 다양한 일을 능숙하게 처리하되 그 과정의 스트레스는 없애는 것, 내가 체득하기 바라는 문제 해결의 지혜는 이렇게 수를 명상하여 얻은 것이다.

파인만 씨, 유감입니다!

대중적으로도 잘 알려진 『파인만 씨, 농담도 잘하시네!』(리처드 파인만, 김희봉 역, 사이언스북스, 2000)를 읽다가 우울해졌다. 일에 지쳐서 심기일전하려고 집어든 책이었는데, 그만 심정이 상하게 되고 말았다. 자정 가까운 시간의 찬바람 속에서 평소 안 하던 산책까지 하고 연구실에 돌아왔지만, 여전히 마음이 편치 않다.

나의 독서는, 맨해튼 프로젝트에 참여한 저자가 끝내 원자폭탄 개발에 성공하게 된 뒤의 상황을 적은 부분에서 멈추게 되었다. 시험이 성공적으로 끝난 뒤 축제가 벌어진다. 모두가 신이 나서 뛰어다니는 와중에, 울상을 하고 있는 한 사람이 드럼을 치던 파인만의 눈에 띈다. 왜 울상이냐는 그의 물음에 "우리가 만든 것은 흉악한 거야"라는 답이 돌아온다.

이 대목에 들어설 때 나는, 내게 남을 무언가를 기대했다. 후에 노벨물리학상을 탔다는 세계적인 이 명사가 펼쳐 보일 사유의 깊이, 과학과 현실의 문제에 대한 피할 수 없는 고뇌에서 비롯되었을 대가의 인생철학과 경륜, 그런 것들을 직관적으로 예상했던 것이다.

하지만 나의 기대는 무참하게 깨어졌다. 위에 이어지는 저자의 말은 이러하다. "하지만 당신이 시작했잖아. 당신이 우리를 끌어들여 놓고선." 그리고 다음과 같은 정리가 기술된다. "우리에게 어떤 일이 있었는가. 우리는 충분한 이유가 있어서 시작했고, 열심히 한 덕분에 성공했고, 이것은 즐거운 일이고, 짜릿한 일이다. 그리고 우리는 생각하기를 멈췄다. 그냥 멈춘 것이다. 밥 윌슨은 그 순간까지도 생각하기를 멈추지 않은 유일한 사람이었다."

이 글을 쓰기 위해 다시 읽은 위의 구절은, 나를 새삼 실망케 한다. 책의 앞부분을 보면, 그가 말하는 '충분한 이유'가 진정 충분한 것인지 그 자신 고민은커녕 제대로 고려조차 하지 않았음을 알 수 있다. 그런 상태에서 그저 '열심히' 일하고 그 결과 '성공했으므로 즐겁고 짜릿했다'고 진술하는 것이 나를 놀라게 했다. 이는, 목적의 정당성을 생각지 않고 과정의 합리적인 수행만 고려하는 맹목적인 태도를 날것 그대로 보여 준다. 그의 말대로 그는 '생각하기를 그냥 멈춘 것'이다.

자기 행위의 사회적 의미와 의의를 돌보지 않는 이런 상태를 목적합리성이라 하는데, 이 유명한 과학자가 그 전형이라는 사실이 나를 슬프게 한 것이다. 그가 속한 팀이 원자폭탄을 발명했다는 사실 자체를 두고 내가 우울해하는 것은 아니다. 그들이 '적절하고도 충분한 숙고 없이' 그 가공할 무기를 만들어 냈다는 사실을 새삼 확인하게 되어 착잡할 뿐이다.

물론 모든 과학자가 아인슈타인처럼 반성적, 철학적 사유에도 능하기를 바라는 것은 필요하지도 가당치도 않을지 모른다. 모든 의사가 노먼 베쑨이나 슈바이처가 될 수는 없을 것이고, 어쩌면 그래서는 안 되기도 할 것이다. 하지만, 그렇다고 해서, 동경대 학생들을 모아 놓고서 '세상 모든 일에 참견하는 지식인'이 되라고 외쳤던 사르트르나, 9·11 사태 이후의 동향에 우려를 표명한 MIT의 촘스키를 순진한 책상물림 학자로 몰아붙여서는 안 된다.

이들은 '생각하는' 사람들이다. 자신이 무엇을 하고 있는지를 인간 삶의 조건과 역사에 비추어 끊임없이 반성적으로 성찰하는 지식인이다. 한 개인의 내면을 풍요롭게 하고 인간간의 관계가 사물의 관계로 전락하지 않도록 해 주는 가치들을 그들은 알고 있다. 현실적으로 무용하고 무력한 듯이 보이는 이러한 정신적 가치야말로 인간 사회를 동물의 그것과 구분지어 주는 궁극적인 힘이라는 점을 그들은 잊지 않고 있는 것이다.

이들이 지키고자 하고 몸소 실천해 보인 이러한 가치란 무엇인가. 모든 훌륭한 문명이 자신의 핵심이자 정수로 여겨 옹위하고 보존하고자 했던 '인간 본위의 문화', 바로 그것이다. 문화가 문명의 꽃이라 함은 그것이 한낱 장식이라는 의미가 아니다. 이러한 비유는, 꽃에 해당하는 문화를 만개하게 하고 풍요롭게 보존하기 위해

문명이 형성되고 발전해 왔음을 의미한다. 계몽주의의 후손인 우리들이 사는 세상에서 그 꽃은, '자율적이고 합리적인 개인 주체들이 조화를 이루며 공존하는 시민사회'의 이상으로 표현된다.

이러한 이상은 언제 어떻게 현실이 되는가. 우리들 각자가 그것을 인식할 때, 그리하여 그것에 비추어 자신의 행위를 반성적으로 사고할 수 있으며, 더 나아가 이 공동의 목적에 비추어 서로의 욕망을 조율할 수 있을 때, 바로 그러할 때에야 비로소 실현될 것이다. 이러한 이상의 추구에 있어서는 개개인의 전공이나 학식 등이 걸림돌이 될 수 없고 되어서도 안 된다. 문화란 우리 삶의 공동체뿐 아니라, 당신과 나 각 개인의 내면을 풍요롭게 해 주는 인류사의 궁극적인 자산이기 때문이다.

이러한 자산의 가치를 우리 학생들이 조금이라도 맛볼 수 있게 해 오던 노력이, 파인만의 책을 읽다가 무력화될 뻔했다 하면 그에게 너무 미안한 일일까 ······.

'과학적 상상'에서 '과학 관련 상상'으로

행성 '글리제 581g'. 지구처럼 단단한 표면을 가지고 있으며, 평균온도는 섭씨 영하 31도에서 영하 12도, 질량은 지구의 3~4배 정도란다. 이름도 낯선 이 행성이 얼마 전 전 세계의 뉴스를 장식했다. 그 이유는? 외계의 천체가 별안간 인류의 관심을 끌었다면 가능성은 두 가지뿐이다. 충돌 위험성이 있을 만큼 지구 가까이 다가오는 것이거나, 생명체가 존재할 가능성이 있는 곳. 다행히도 '글리제 581g'의 경우는 후자이다.

'글리제 581g'는 지구에서 '겨우' 20광년 떨어진 천칭자리의 적색왜성 '글리제 581'의 주위를 도는 6개의 행성 중 하나인데, 중심별에서 너무 멀지도 가깝지도 않아 생명체가 살 가능성이 높은 '골디락스' 영역에 있다고 한다. 요점은, 액체상태의 물이 존재할 가능성이 높다는 것이다. 물이 존재한다면 당연히 생명이 존재할 가능성이 높아지는 것이니, 전 세계 언론이 '또 다른 지구가 발견되었다'며 흥분하는 것이 무리는 아니다.

이러한 소식은 웰즈의『우주전쟁』이나 스티븐 스필버그의 〈E.T.〉와는 다른 의미로 우리의 상상력을 자극한다. 요란하지 않지만 차근차근 묵직하게 다가와 생명에 대해 생각해 보게 한다. '생명의 본질'에 대한 철학적 성찰로 나아가지는 않는다 해도, '생명의 기작'에 대해 자유롭게 상상해 보는 과학적 즐거움을 열어주는 것이다. 이러한 과학적 상상은, 화성의 사진에서 보인다는 인공물 같은 모습이 주는 달뜬 흥분이 아니라 붉고 거친 화성의 표면을 굴러다니며 물의 흔적을 찾고자 하는 패스파인더호의 힘든 여정이 주는 차분하고도 진지한 기대감에 가깝다. 상상력의 발목에 과학이 매달려 있는 형국이기 때문이다.

그러나 지구에도 물 없이 심지어는 산소 없이도 살아가는 생명체가 있음을 생각하면 우리의 상상력을 조금 더 가볍게 훨씬 더 능동적으로 펼쳐도 좋지 않을까 싶다. 이를 위한 좋은 방법은 상상력의 발목에 감은 과학의 추를 조금 가볍게 하고 여타 지적활동의 산물을 날개로 달아 보는 것이다.

영화 〈에일리언〉 시리즈에서처럼 지구의 생명체와는 다른 물질로 대사를 하는 생명체를 상상해 보는 것 등은 과학의 무게를 가볍게 하는 유형의 상상일 것이다. '떼지능'을 보이는 생물들의 행태에 착안하여 개별 유기체가 아닌 존재를 유추해 볼 수도 있을 듯한데, 사실 이러한 생각은, 한 명 한 명의 개인이 아니라 계층, 계급과 같은 인간집단이 사회 활동의 주체라는 사회과학적 발상에 가까운 것이어서, 자연과학과 사회과학의 두 날개를 단 상상에 해당된다고 할 수 있다. 비슷한 방식으로, 생태학적 상상력을 동원하여 생명의 단위를 크게 생각해 볼 수도 있을 것이다. 더 나아가 문학예술의 깃털을 달게까지 된다면, 대지를 살아 있는 생명체로 보는 인문적 전통을 창조적으로 계승하여, 건물이나 대학 캠퍼스 같은 인간이 만든 조형물 전체를 하나의 생명으로 보고 사람을 그 구성요소로 보는 방식도 가능하지 않을까 싶다.

이렇게 나아가면 우리의 상상은 끝이 없고 그 의의 또한 무궁무진해진다. 일차적으로는 이러한 상상을 통해서 과학의 경계에 갇힌 사고를 자유롭게 하여 궁극적으로 과학의 발전을 최촉한다거나, 인간과 세계에 대한 이해에 있어서 보다 유연한 태도를 취한다거나 하는 이점을 찾을 수 있을 것이다. 그러나 이보다 더 강조하고 싶은 것은, 상상의 즐거움 속에서 확충되는 바, 과학과 우리의 삶이 만나는 경계가 두터워진다는 점이다. 달리 말하자면 이러한 상상에 힘입어 과학과 삶의 소통이 보다 활성화된다고 하겠다. 과학과 그에 근거한 기술의 발전이 사회의 모습과 우리들 개개인의 삶을 근본적으로 조건 짓는 시대 상황 속에서 과학 커뮤니케이션과 그로 인한 과학문화의 발전이 갈수록 긴요해지는 점을 생각하면, 이러한 상상의 의의는 측량하기 어려울 만큼 커진다. 청명한 가을 하늘 너머에 있다는 '글리제 581g'를 떠올리며 '과학적 상상'에 갇히지 않는 '과학 관련 상상'을 펼쳐 본다.

문제는 사람이다. 모든 사람이 꿈꾸는 좋은 사회를 만들어가는 것도
결국 사람이기에 무릇 인간다움에 관한 성찰이 필요하다. 과학과 기
술의 무한한 발전을 믿는 '진보주의'와 경제적 이익만을 좇는 '물질주
의'의 두 바퀴로 끝없이 질주하는 현대사회에서 인간다움을 논하는
인문학의 설자리는 없는 것처럼 보인다. 이 책은 인문 부재 사회의 꿈
과 소통을 이야기한다. 경제적 효용성을 무기로 내세운 과학만능주
의 시대에도 왜 사람이 문제인가를 깊이 있게 논의한다. 결코 과학자
가 될 수 없는 인문학자가 이공계 연구중심 대학에서 인문교양을 가
르치면서 던지는 가벼운 물음들이 묵직하다. 이 책은 적나라한 인문
학 현장 보고서이면서 동시에 생각의 끈을 놓지 않으려는 사람들에
게 좋은 인문학 입문서이다.

이진우. 철학, 포항공대 석좌교수

이 책은 이공계 연구중심대학이라는 자연과학자들의 숲에서 인문학의 깃발을 든 한 인문학자의 고군분투기이다. 전공공부와 상관이 없다고 여기는 이공계 학생들에게 그가 가르치고자 하는 인문정신이란 무엇일까. 선생으로서 그가 토로하는 인문학자의 고민에서 그것을 엿볼 수 있을 것이다.

국형태. 가천대학교 물리학과 교수, 아태이론물리센터 과학문화위원장 인문학자 박상준은 과학이 세상의 전부인 포항공대에서 과학자들 그리고 예비과학자들과 온몸으로 소통을 하려고 외로운 투쟁을 해왔다. 이 책은 그가 몸으로 체득한 살아있는 소통의 원리를 냉정하지만 따뜻한 시선으로 적어놓은 그의 성장기다. 소통을 넘어서 실천하는 태도가 무엇인지까지 이야기해주는 나침반 같은 책이다.

이명현. 천문학자, 과학저술가, 프레시안 books 기획위원

이공계 정글 포항공대에서 살아가는 한 인문학자의 생존기. 도처에

과학적 위험이 도사리고 있지만, 박상준 교수에게는 '인간'이라는 든

든한 무기가 있다. 그의 흥미진진한 모험담을 들어보자.

김상욱. 부산대 물리교육과 교수

우리는 모두 교양 있는 사람이 되고자 한다. 평생 "교양 없이" 살다갈 수는 없지 않은가? 그런데 막상 대한민국의 미래를 짊어질, 유능하고 명석한 이공계 대학생들의 "교양"을 전담하는 교수가 되고 나니, 과연 "교양"이 무엇이며, 어떻게 가르쳐야 하는 것인지에 대해서는 깊이 생각해본 적이 없다는 걸 깨달았다. 인문학과 사회과학의 방대한 제분야가 모두 한데 뭉뚱그려 "교양"의 이름으로 묶여있는 포스텍은 학문과 지식의 가장 근본적인 틀부터 다시 질문해야 하는 쉽지 않은 환경이다. 같은 고민을 나보다 훨씬 앞서서 진지하고 치밀하게 거듭하신 선배님이 계시다는 건 큰 행운이다. 이 책은 교양 있게 살고자 하는 모든 교양인들에게도 행운의 시작이 될 것이다.

우정아. 미술사, 포항공대 인문사회학부 교수